越跑越勇敢

聖母峰馬拉松全紀錄

陸承蔚——著

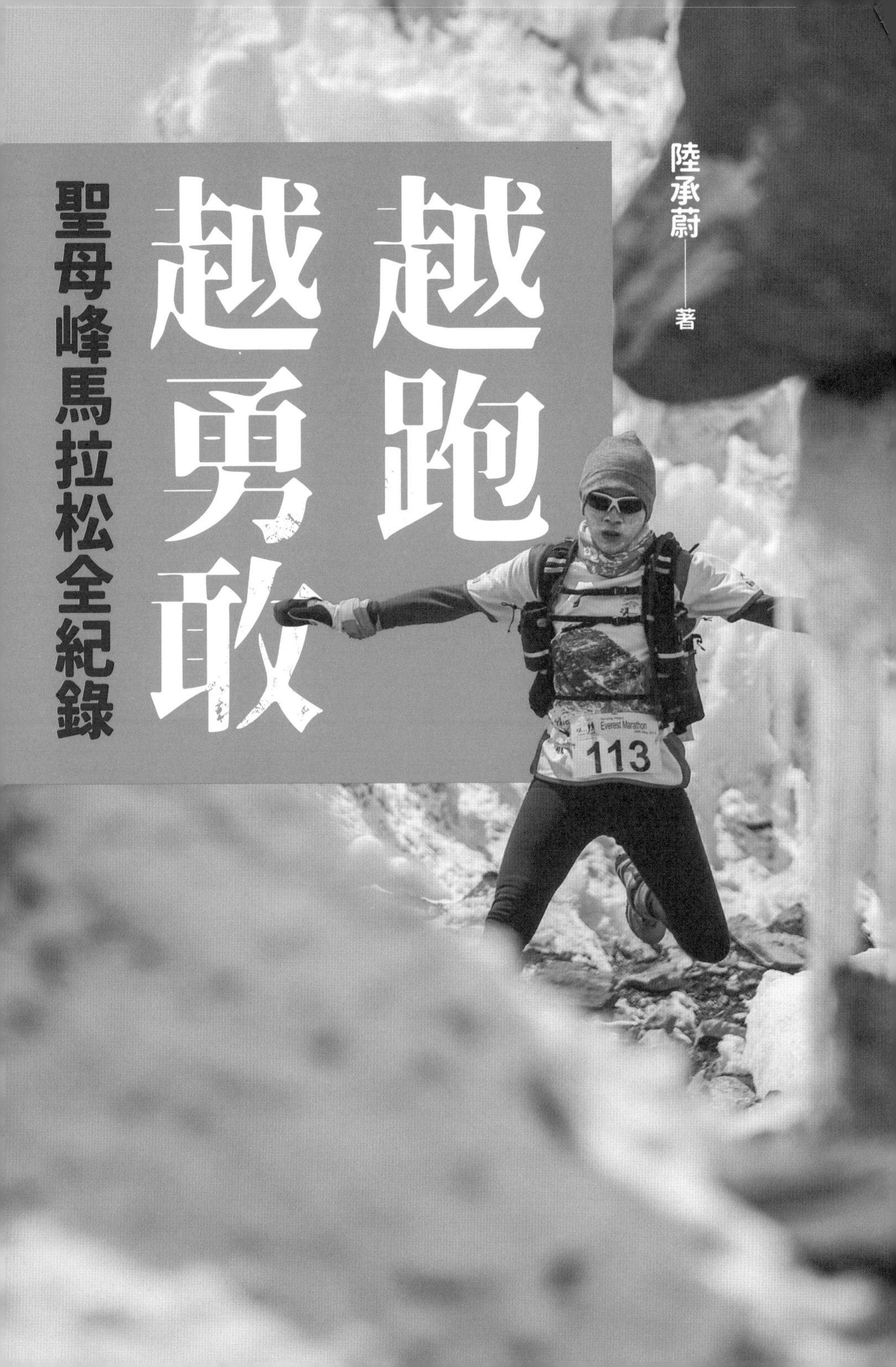

看見山時，你在山之外。
看見河流時，你在河之外。
如果你能觀照你的痛，你便開始自痛中解脫。
如果夜太涼，你可以焚香，煮茶，或者思念。
總有一種暖，掛滿你我回憶的老牆，不要去倚靠，會有時光剝落。

——扎西拉姆 · 多多

宥勝（冒險夢想家）

世上最勇敢的事，是把自己挑戰到炸

兩個月前，我剛從南極待了四十天回到台灣，目標是滑雪征服南極點，那個世界最偏遠的極境。所以當我看見陸承蔚時，第一個反應是：「哇噻，我們一樣耶！」不是在說我們做的事情一樣，而是我們，都在把自己挑戰到炸……

這世界上有太多我們感興趣但不擅長的事了。但誰一開始不是菜鳥呢？你是，我是，他是，陸承蔚也是。我們都不是運動員，但一個挑戰聖母峰馬拉松，一個挑戰南極，那你呢？你心中有沒有想要挑戰什麼呢？創業？YouTuber？環遊世界？轉職？……

挑戰之前，我們需要勇氣，但挑戰完後，我們就會變成勇敢。

而這本書可以帶給我們勇氣。從一位對運動完全陌生的中年女性，到成為「聖母峰馬拉松」外籍亞洲女子第一的成長故事。

祝所有想挑戰自己的夥伴們，都能在今年讓自己「勇敢」一次，並且帶著這本書所給予的勇氣，邁向下一個更棒的自己。

把自己挑戰到炸吧！

余文彥（跑步教練、運動筆記專欄【教練！我想跑步！】作者）

你想要訓練什麼？

對於一場馬拉松比賽而言，什麼最難練？體能？肌力？跑姿？

對於我而言，最難訓練的是「突破的勇氣」。

沒經驗的馬拉松跑者面對未知距離的恐懼，有經驗的馬拉松跑者面對未知速度的不安，常常未戰先怯。每個人都想突破自己的極限，卻未必能夠忍耐過程中身體的不適，正視自己心裡的恐懼。

「勇敢」從來不是與生俱來。

從演化的角度，遠古時代人類為了生存，演化出趨避危險的基因，利用內建的各種心理機制避免風險，遠離可疑的事物。勇敢要求的卻恰恰相反。

勇敢使自己為了信念，主動離開熟悉的舒適圈，面對我們不熟悉、不確定的挑戰。就像玄奘當年抱著「去偽經，求真經，不至天竺，終不東歸一步！」的信念，勇敢踏上未知的路途，在漫漫黃沙中踽踽獨行。然而，不顧一切後果的行事並非勇敢。

勇敢是在知悉背後的風險，卻依然願意去實現，願意盡力準備。就像作者的行李箱中，依照日期井然有序分裝的物資，以及堅持讓身體記憶陽明山超馬六十六公里，降低聖母峰馬拉松的風險——勇敢的背後是「充分堅實的準備」。

《心靈地圖》（The Road Less Traveled）書中作者史考特・派克（M. Scott Peck）對於愛的定義是：「愛是為滋養個人和他人心靈成長，一種發乎真誠意願的行動。不但需要努力，也需要勇氣。」

無法幫助自己與他人成長的愛不是真愛。從史考特的觀點，我們更容易了解作者在參加聖母峰馬拉松前一刻寫給自己的這句話：

「最強大的勇敢是愛。」

我們都渴望活著，然而呼吸並不代表就是活著，我們應該像作者一樣，更努力勇敢地活著。

李恩至（極限體能王）

辦不到與辦得到

每位選手都很痛苦，可怕的是他們都堅持著。人呼吸著不代表活著，只有親身經歷體會過，不斷挑戰與冒險，完善計畫與保持信念，終究還是會有突發狀況或意外。

只有「辦不到」與「辦得到」，你的答案其實就是結果。

周青（台灣越野好手）

勇敢是唯一的角色扮演

人生就像RPG角色扮演一樣，不停地在探索地圖、不停地在打怪練功，我們每個人所追求的人生意義都不盡相同；這是一個台灣女孩勇於挑戰的故事，成績的好與壞已不再那麼重要，背後努力奮鬥的精神才是我們值得借鏡的地方。

林盈祥

（Garmin簽約教練）

大膽的目標，突破跨越

很高興承蔚在聖母峰馬拉松的冒險故事出版成書，揭開本場賽事的神祕面紗與生死邊緣的挑戰歷程。這是一本可以帶給人勇氣、力量與愛的書，對於許多追逐夢想的人都非常適合閱讀，她激盪出我們對未來有更多想法與築夢踏實的勇氣。我本人就深深被承蔚影響著！

回想起認識承蔚是在二〇一七年Garmin PB班，正好被分派到我負責的訓練組別，有幸能指導她訓練備戰二〇一八年的渣打馬拉松，朝向波士頓馬拉松的目標，那時的她已經是征戰過戈壁、征服聖母峰馬拉松的選手，我對她的第一印象是一個熱情、大膽的選手，勇往直前。我跟承蔚的組合很有趣，永遠記得她說過：「我年紀可以當你媽了，如果我早一點生～」我對這句話非常印象深刻，因為她不止說過一次，而且很巧的是，我跟她兒子小偉同樣是巨蟹座，看著可愛的小偉靦腆的笑容，好像我小時候。

一位完成生死邊緣的馬拉松選手，什麼大風大浪沒見過？面對一個都可以當自己兒子的教練，她毫不遲疑十足地信任，雖然最後在渣打馬失利，但她依然相信我，她說：「你是我的教練，你清楚我的狀況。」希望我能幫她出課表，力拚一個月後東京馬拉松，當時的我卻沒有十足的信心，承蔚卻是相當堅定！

她的態度鼓舞了我，最後她以快了將近十分鐘的成績順利達標取得波馬資格。接著承蔚不停歇地說她想成為三小時二十分內的選手，多麼大膽的目標！這是一個平凡年輕人需要長期不懈的鍛鍊，也不一定能達到的目標，一位中年婦女要拚，絕非易事。

承蔚說：「這才叫挑戰啊，拚到才有意義！」我心裡浮現：「好！我跟妳拚了！」就算沒十足把握，也抱持著不試怎麼知道的心，失敗就再檢討，再出發，於是開啟了Path Breaking計畫，我們這個計畫的精神就是跨出突破的那一步。

我很喜歡書裡的這句話：「強者的光與暗都是養分，去造就屬於自己的唯一。」

在我心中承蔚是位強者，或許不是體能最強者，但心理素質卻是無比強大，我想這是承蔚能關關難過關關過的關鍵。雖然承蔚現在因舊傷進入復健，夢想之路還未完待續，但我相信承蔚會像那時聖母峰馬拉松一樣展現過人的意志與生命力，再度站上起跑線，而我也會如尼瑪一樣伴隨承蔚完成百傑之路。

陳秉良（橘子關懷基金會執行長／橘子集團品牌總監）

一路把夢跑大

勇敢這件事真的不容易。

許多想法，因為不夠勇敢，不但沒有表達的機會，也不可能實現；

再多的表達，若不去做，也不會有價值。

陸就是這樣，從微小的想法一路把夢跑大，

看到她一段一段去實踐，累積，匯聚成一股強大的挑戰力量。

都說她是神力女超人，這神力就是她的勇敢吧！

真心覺得，陸的經歷帶給大家的，

不會只是她跑步的歷程，

而是激勵每個人都應該勇敢去挑戰自己，

為夢想去冒險！

陳布朗（金曲嘻哈歌手／冒險音樂人）

挑戰永遠迷人

我拿到一本未出版連書名都沒有的書，
翻著每一頁，卻都像是自己留下的汗與淚。
這是一個挑戰世界的故事，
也是一個挑戰堅強的故事，
更是一個挑戰愛的故事，
因為，最強大的勇敢就是愛。

梁哲睿（跑步教練）

如果你迷失在工作或訓練中，請翻開這本書……

身為一位訓練了十二年的體育選手，看到這本書還是不禁讚嘆！承蔚令人敬佩的堅強意志及行動，更是令我深感佩服！

在身為田徑選手的這十二年中，訓練必然痛苦，但目的都是為了超越自己。雖然有時候會在過度追求成績當下，迷失了自己當初對運動的熱忱。

在聖母峰馬拉松的過程中，不斷面臨死亡的掙扎。

在各式各樣不利的條件下，讓我們看到了想做到的決心，比你想像中的更強大。這段路程中不單單只是馬拉松這麼簡單，而是要穩住再穩住，在比平地減少了一半的含氧量同時，還要克服低溫以及高山症併發的可能來完成比賽，除了艱難的意志外，在遇到狀況時的危機處理，更是值得我們學習。

馬拉松就如同在社會的縮影，每一步的堅持與選擇，都對於最終的結果影響甚大。如果你正在工作中或訓練中迷失方向，我推薦你，這本書，能帶給你更堅定的決心。

張嘉哲（倫敦奧運馬拉松中華隊代表選手）

願我化身為尼瑪

跑步，已經不只是跑步。與其說這是一本跑步相關書籍，更像是自我靈魂救贖與追求生命解答的煨桑過程。因為透過跑步讓我們知道，經由努力可以變得更強、更快，也使得我們自覺明白身體非鐵打鋼造，而能產生自律與自控，且安然處在謙卑之中。

曾有人向我傾訴，從小因為家長老師的嚴厲反對而放棄了跑步。或許，「跑步」就是跑者心目中的喜馬拉雅山。我很喜歡書中帕桑．拉姆．雪巴的回答：「來自世界各地的男男女女都能攀爬我家後院的高山，為什麼我不能？」這是一段哲學的反思，正如腳在我們身上，只要願意邁出步伐，路就一定會在前方。而此書便是尼瑪化身，正為你帶路。

鄭匡寓（don1don運動媒體編輯）

難忘的生命旅程

我一直都認為，能挑戰自己的極限是很幸福的事，因為大多時候的我們都必須選擇平庸而單純地生活。

每個人都有自己選擇挑戰的方向與方式，而陸承蔚選擇前往聖母峰，找尋能令她落淚、感動以及自我實現的競賽。從一開始的海拔適應、到有人一塊兒陪著訓練，從天色放亮到看見星燈點點。對很多人而言，只是一場比賽的結束。但對她而言，這不只是一場競賽，而是一個難忘的生命旅程。

透過她的書寫與分享，我們得以感受她強悍的生命力，以及感受這些過程以來的美麗。這一本書，驗證了一個人的生命力，也告訴我們，如何活得不平凡。

戴昌盛（台灣最資深的戶外綜合運動專職教練、小鬍子冒險學校創辦人）

生命就該如此奔放

真誠、勇敢、勇於挑戰是我認識陸的印象。

面對她的笑和汗水，總有著滿滿的能量足以影響身邊所有的人！

跑聖母峰馬拉松對陸來說我一點也不驚訝。

對一個有目標、有執行力，意志力堅強的她來說，生命的精采就該如此地奔放！

以妳勇敢跨出的每一步為榮。

CONTENTS

楔子

你知道嗎？
要花多久時間我才能如此靠近你。
而你，只用捏死一隻螞蟻的片刻，
把一切毀壞……

■二〇一七年 五月十二日　尼泊爾　加德滿都

我想著從台灣飛到香港等待轉機的時間，原本敲打記下的滿滿日誌，在抵達加德滿都燈光幽暗的神奇夜空裡，不知道是電力不穩？還是電訊問題？

不到一秒的瞬間一切蒸發！一、字、不、留。

「可以重新來過嗎？」我心想。

但對於幾小時前的思緒，當時在想些什麼？那整段記憶有如空氣中熏香與飄浮的塵土在細胞間遊蕩失散；疲憊的我，並不試圖去捕捉……

心想：就讓它去了吧！告別無法擁抱的過去，與想不起的一切！

現在的我身上背著八公斤，手上拖著三十七公斤的行李，眼睛落在出關不到幾坪的狹小處，隻身遊走擠滿人群的汗味中。首先進入眼簾的是一群人，倚在欄杆等待親友、或是招攬客人的大聲呼喝。我內心期盼可以看到尼瑪的臉，我不確定他是否可以趕下山來接我，因為在我之前他有另一組客人；因此雪霸是安排家中最小的妹妹達朗姆來接機。我跟小妹沒碰過，所以今天從台灣出發時還在機場特別拍了一張我的照片傳給她，希望她認得出我。（尼瑪是去年（二〇一六年）我與慧萍來到尼泊爾時的雪巴嚮導。他弟弟張雪霸是一名台灣女婿。）

加德滿都隨處五彩繽紛，在塵土張揚的空氣中，色彩依舊奔放。

處處可見飄蕩的幡旗，黃昏下的幡旗、僧侶、乞丐、旅人。

對於山，毫無想逃離的感受

再次踏上這裡，我卻不想多做停留，計畫明天就要直飛山上，把握時間進行高度適應與移地訓練。

但也許，是這個城市曾讓我短暫地瞥見死亡一角與心碎，當時心中深刻的恐懼隱約纏繞著我。

記得去年，在加德滿都的夜突然驚醒，大量分泌物阻塞呼吸道與口鼻；我就像被一個夜賊從背後猛烈突擊、口鼻被強迫壓制，本能狂烈的反抗，到最後一個人在幽白的洗手間猛烈咳嗽，不斷從口鼻噴出混著鮮血的鼻涕，血中裹著綠色、紫色、藍色分泌物；當下覺得再沒適當的藥，可能會有生命危險。從台灣帶來的藥該吃的都已經吃了，只剩下一包感冒藥。所以進飯店前，我請尼瑪的女兒帶我去當地藥局拿藥。藥局老闆聽到我剛下山咳得很厲害、肺很痛、感覺不能呼吸，便不假思索地轉身拿了五顆藥丸要我一天吃一顆。想著再過四天就要回家，一天一顆……五顆？應該夠……但我吃的到底是什麼藥？

所以到睡前遲遲未吃，希望從台灣帶來的最後一包感冒藥吞下後，情況可以好轉；但幾個小時過去，快要被自己的分泌物溺斃。凌晨三點站在空蕩的廁所裡，直怔怔望著鏡中臉色蒼白的自己，再低下頭看著手中那顆橘色的大大藥丸，不安地吞下第一顆。

到了隔日清晨，我虛弱地告訴慧萍想提前回台，因為身體真的很不舒服，於是打了一通電話給遠在台灣的偉哥，當時與偉哥的關係面臨瓶頸，但我還是打了電話，希望他來接機，並帶上我的健保卡。

「有空嗎？你四月十日方便來機場接我？我病了，想提前回去，可能要直接到醫院。」在一陣沉默後，遠在加德滿都大佛塔旁的我聽不出他的情緒。

「那天是銷售日……最忙的一天。」聽到他說這句話後，我後面聽覺已經是自動消音狀態，結束通話瞬間只感到憤怒，任性地心想：「銷售日?!忙？我決定把藥全吞了，也絕不會提前回台灣！」

後來當天稍晚，在尼泊爾小藥局拿的橘色藥丸魔力產生效用，狀況好轉，因此沒有必要提前回台。四天後的機場，偉哥拿著一束大大的花站在入境大廳等我，滿臉歉意地說：「沒那個意思，我表達錯了。」然後緊牽著我直奔醫院。

到了醫院，我虛弱地從口袋裡拿出在加德滿都吃剩的最後一顆藥丸給醫生看，終於知道，過去四天吃的是高劑量抗生素。

奇妙的是，因為這些記憶使我想逃離加德滿都這座城；但同時，心卻飢渴地想重回喜馬拉雅山群懷抱。

雖然去年在山上曾有二度是瀕臨生命危難，這個危險程度遠高於下山後在加德滿都病重的狀態。

但對於山，我卻毫無想逃離的感受。

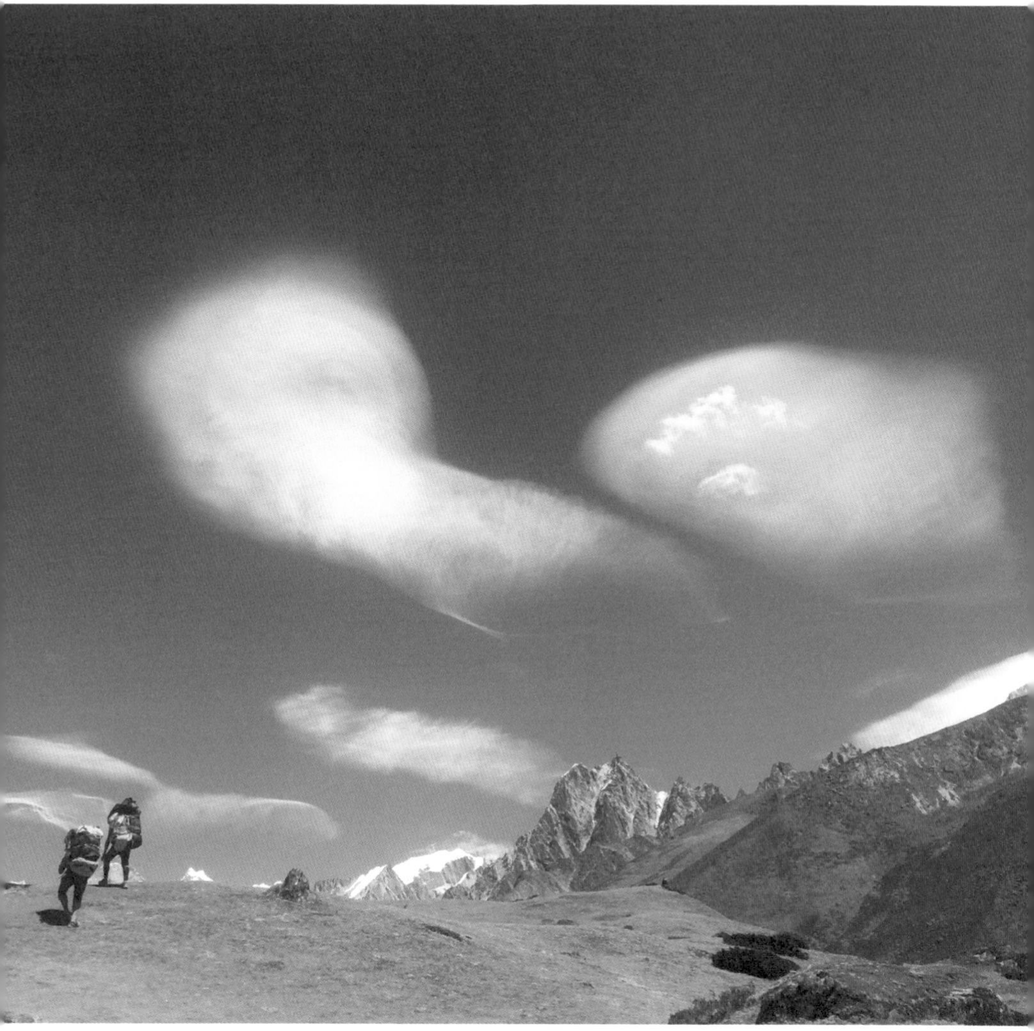

喜馬拉雅山，攝於二〇一六年。

我們在壁縫中前進

一次是在喜馬拉雅外環道四千八百公尺的山壁上。

當時在覆雪初融的山壁間移動，左腳踩到一塊看似堅固但因熱脹冷縮而崩裂的石塊，瞬間左腳因石塊崩裂而騰空；就在那零點一秒，我本能反應用左手抓住前頭尼瑪即刻伸出的右手，將重心轉移到未掉落的右腳，緊緊卡住岩塊凸出部分。我感覺，腳下三層襪子裡的每根腳趾頭，都試著抗拒地心引力抓住岩塊表面。接著運用雙手與右腳的支撐點，在兩秒內找到另一個支撐點（雖然那個支撐點只是八十度崖壁上浮出的一塊形狀），因此身體在四千八百公尺山壁上呈現很不自然的扭曲姿態。

我當下腦袋盤算著重心該如何移轉？眼睛搜索周圍可能的支撐點，冷靜地不到半分鐘內調整了三次角度，再將身體姿勢穩定下來往前跨步。最後，看著緊抓我的手的尼瑪，平靜地告訴他：「沒關係！（我邊說邊點著頭示意讓尼瑪知道可以放手）我們繼續走！」

從頭到尾沒有任何驚呼，情緒有如四周環繞我們六千公尺山群般的莊嚴肅靜。鬆手後尼瑪如老鷹般的眼神，再次確認我與慧萍雙腳站立處，一行三人，在喜馬拉雅山高處豔陽下的冰融環道岩壁縫中繼續前進。

走在海拔四千八百公尺以上的崖壁之間的縫隙中，攝於二〇一六年。

缝隙狭窄的通道不時讓我們屈身側行，
甚至走著走著，路徑消失只剩需徒手攀爬的岩塊。

歷時最久登頂島峰

另一次是攀爬六千二百公尺的島峰。

二〇一六年我們爬的是舊路徑（尼瑪告訴我今年有開發一條比較容易攀爬的路線），這條路徑充斥著尼泊爾大地震後脆弱的冰隙。當天八個國際隊伍出發，其中三個隊伍上到海拔六千公尺的冰原，但最後，只有兩個隊伍成功攻頂；一隊是以澳洲男子詹姆士為主，與兩位雪巴人花費十三個小時攻頂，兩日後他隨即出發準備攻頂聖母峰；另一隊則是我們，兩個台灣女生，兩個雪巴嚮導，花費二十小時，在經歷漫漫長夜的跋涉，走過冰梯、跨越冰隙，垂直冰攀、落石襲擊，當時我們創下成功登頂島峰但歷時最久紀錄。

那次我的意志力瀕臨臨界點，但內心並無畏懼，反而更強烈渴望回到這座山！

畫面正中央是海拔六千八百五十六公尺的阿瑪達布拉（Ama Dablam）。

這座山的線條有如母親展開雙臂看護著孩子，喜馬拉雅山群攝於二〇一六年。

外環道上我們沉默地走著，每到山巔便靠著石頭休息小憩，然後再繼續不停地往下、往上，往下、往上，翻山越嶺直到另一個山巔。（二〇一六年）

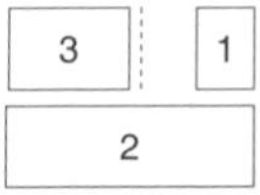

1 回頭看著慧萍、尼瑪，與剛剛翻山越嶺爬過他們身後的那座山巔。（二〇一六年）

2-3 從黃土之地走至雪地。

2 1

1 連續好幾天穿越海拔四、五千公尺溫差極大的岩壁與路面。（二〇一六年）

2 前方的駄夫兄弟檔與尼瑪，攝於喜馬拉雅環道。（二〇一六年）

一行四人在寂靜的雪地，
攝於Cho La Pass 冰河地帶。（二〇一六年）

6	5		2	1
	7		4	3

1 尼瑪、慧萍正行至山巔。喜馬拉雅環道。（二〇一六年）

2 來到這裡，我開始對「山巔」、與「巔峰」的「巔」字有感。

3 腳步踏在喜馬拉雅山巨大浩瀚的路徑時常無法意識到：「現在這段路到底有多陡？」但若當下一眼即可辨識，那就是真的「非常陡」了。

4 路面崎嶇難行。

5 明明陡峭到需用手支撐，近拍卻像是平地。

6 雪地陡坡。

7 終於到頂了～但還沒爬完，每天都跪個五次吧?!

3	1
4	2

3 回首來時路。喜馬拉雅環道。
（二〇一六年）

4 喜馬拉雅環道美不勝收。
（二〇一六年）

1 在山上最快樂的其中一件事，就是仰頭看：「快到頂了！」的景象。

2 我常會拍攝即將登頂的山巔，或是已抵達的山頭。事後看覺得開心，因為又完成一件挑戰。

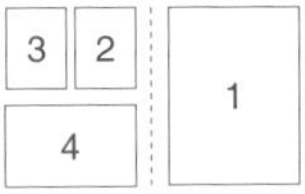

1 我們跟著尼瑪沉穩的背影，穿越了喜馬拉雅環道。（二〇一六年）

2 回到民宿就是窩到烤爐邊烤身體。

3 尼瑪正在跟我解說攀爬路線。

4 民宿廚房。

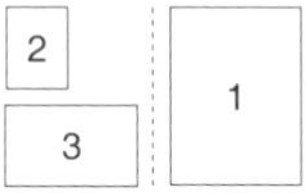

1 Cho La Pass 冰河嚴峻美麗的地貌。

2 走久時，有時視線不好，無法分辨前方是人、或是一片石塊。

3 看著前方視野，會覺得一切很不真實。

3	1	
	2	

1 靠好近的喜馬拉雅飛翔，我們視線水平與鳥同高，在畫面左側突出較「矮」的山頭是海拔高度六千八百五十六公尺的阿瑪達布拉。

2 慧萍、我。

3 慧萍、尼瑪、我。

輕量化行李之必要

一年後此刻，我再次回到這裡，擠在加德滿都機場出境廳，終於在一堆吵雜人群狹小處，看到一張熟悉的臉……尼瑪！

「尼瑪！」我大喊著，他越過圍欄走過來，臉龐黝黑的線條依舊如大山堅毅，雙眼流露出看到老友的溫暖光芒，我不由自主開心地給他大擁抱。

「飛得如何？路上還順利嗎？」不禁想到上次我與慧萍差點在中途轉站卡達就興奮地準備出關，還好被機組人員攔下，於是在卡達打了一個「卡」又回到飛機上。

「很好啊！沒出什麼錯，要不然你就接不到我！」他聽了笑笑，帶我很快在機場辦了SIM卡，便叫計程車開往他在加德滿都的家。

因為參賽，我將所有的物品輕量化，但多帶了鞋子、補給品、跑衣等，雖然不像去年我與慧萍二人行李多到溢出，需要綁在計程車外頭，但依舊塞滿整台計程車後座空間。

爬進後座緊偎大登山包，聽著前座尼瑪與司機說著我聽不懂的尼泊爾語，側臉看著行李想：「人生可以扛載的物品、重量有多少？」

一路上石塊撞擊輪胎，在荒蕪的夜中駛向寂靜。身體隨車子不停上下搖擺晃，我不時雙手緊扶著被擠壓的行李，擔心一個震盪行李就會崩解翻覆下來；我感到生、死、聚、合，都是如此渺小，希望這次能順利完賽、平安下山。明天過後，我即將踏上稀薄的空氣、再度邁向那既熟悉又陌生的山群之中。

第一次到尼泊爾時，我與慧萍的行李多到需要放車子上頭。

5月13日

尼泊爾，加德滿都（Kathmandu）

飛往喜馬拉雅山，盧卡拉（Lukla）

聖母峰馬拉松前哨站

清晨從加德滿都斑駁的街出發。

這台車，少了去年充滿特色的尼泊爾在地音樂，也少了慧萍。

去年我與慧萍一路在車上嬉鬧，興奮地望著窗外街景，還誤以為座落城市中被地震損毀殘破的遊樂場是古蹟；而今天在城市露出魚肚曙光之際，我形單影隻的一個人準備飛至盧卡拉。

天色刷白顛簸的路，卻刷不清前方視野；塵土鋪天蓋地瀰漫張揚在空氣中。我試著將身體呼吸降到最小。（心中覺得懊惱，忘了把口罩拿出來！）

整條路三不五時，就有一台摩托車從對面衝過來，態勢就像兩隻鬥牛，眼睛緊咬著對方誰也不讓誰。每次錯身我都心裡驚呼：「哇！好神奇，他們是怎麼辦到的！怎麼可以如此鎮定？如此驚險？卻如此地滿不在乎?!然後~沒事！」

尼瑪送我到機場後，我獨自進入安檢，他還需在加德滿都停留三天，才能到山上與我會合。

我心想：「正好這兩天讓身體在恰布隆（Cheplung，海拔約二千六百六十五公尺）適應，明天開始跑吧！」

飛往盧卡拉的飛機嚴格限重，從行李到人全要站上「磅秤」秤重，甚至有可能因為重量因素，人抵達但行李卻被丟包到下班飛機（去年就發生這種事），所以這次我雙眼緊盯行李，甚至起飛前先走到機艙裡頭確認行李是否在？艙務人員看著熟門熟路的我，還貼心地主動打開飛機前頭艙門讓我確認。

上飛機後，我對著剛剛在候機室認識的中東朋友惡作劇地微笑說：「你們知道盧卡拉是全世界最危險的機場嗎？」然後，便轉身合眼，睡得像嬰兒般。

這次，「不怕」了！我將這四十分鐘飛行交付在神的手裡。

小飛機像隻蜻蜓在山巒間飛著，相較雄偉的海拔天際，陽光下閃爍的機翼看起來特別脆弱；然而今天的風徐徐緩和，飛翔之際並無受到山谷瞬間陣風襲擊，在飛行半小時後，我抵達聖母峰前哨站「盧卡拉機場」。

跑道距離非常短的盧卡拉機場。

台灣女生沒有人跑過？

這次我參加的這場賽事全名：「TENZING-HILLARY EVEREST MARATHON」，中譯：「丹增希拉里聖母峰馬拉松」，簡稱：「EVEREST MARATHON 聖母峰馬拉松」。

它是全世界海拔最高的馬拉松賽，也是世界十大超級馬拉松賽事之一。

比賽起點位於聖母峰基地營，南坡附近海拔五千三百六十四公尺的昆布冰河。

那意味著選手們需要進入到真正基地營的內部，然後沿著絨布谷口（Khumbu Valley）交錯高地行進於夏爾巴小道之間，終點位於海拔三千五百四十公尺的南崎巴札村落，其中約有十五公里是在全世界最高的冰川上奔跑。

這場馬拉松的總爬升是二千七百七十七公尺。

總垂降是四千五百七十九公尺。

最久直上陡坡爬升是五百二十三公尺。

這代表了在五月二十九日開賽日當天，所有選手必須在超高海拔處承載七千三百五十六公尺的落差，這是接近兩座玉山的高度，而且這個高度並不是從玉山登山口計算，而是從海平面計算。

這段路程若是一般健行，往上爬行會安排「五天」，而下行需「三天」；現在同樣路程，再外加折返拿取「信物」多出的六公里，選手們則需在幾「小時」內完成。

因此，這場馬拉松具風險性。

它並不是一般大家熟悉的路跑型態，它是一場在極端環境下的越野跑。這對於「非」長期居住在超高海拔環境下的國外參賽者的身心挑戰尤其巨大，所以報名的人不多。

我，為什麼報名？好奇吧！再加上喜歡挑戰有難度的目標。

雖然我的跑齡（路跑、越野跑），山岳資歷都不長，但過去兩年透過設定目標、學習、準備與訓練，完成了「戈壁超級馬拉松」「喜馬拉雅環道」與「島峰攀爬」。所以在心中「聖母峰馬拉松」並非是場完全不可行的挑戰。

再加上雪霸不停洗腦：「可以的！妳沒問題，大部分是下坡。」

聽到時心想：「當然是下坡，開賽地點已經不能再高了，能不下嗎？」「這條路（主幹道）

我走過，比起外環道安全也容易」「我比較善於下坡？要不要試試？」「至於高度適應我曾到過六千二百公尺海拔，而賽道最高的五千五百公尺，完賽應該沒問題？」

雪霸熱情地望著我：「台灣沒女生跑過，妳去會很有意義！」

聖母峰馬拉松

一千五到三千五百公尺屬於高海拔，大部分的人在此海拔區間只要有適量的時間，身體大多可以適應；然而超過三千五百公尺則屬於「超高」海拔，人體在「超高」海拔時會因個體條件與從事活動差異狀態，決定能否適應。

台灣最高峰玉山海拔為三千九百五十二公尺。聖母峰馬拉松全程都在超過三千五百公尺的「超高」海拔處。

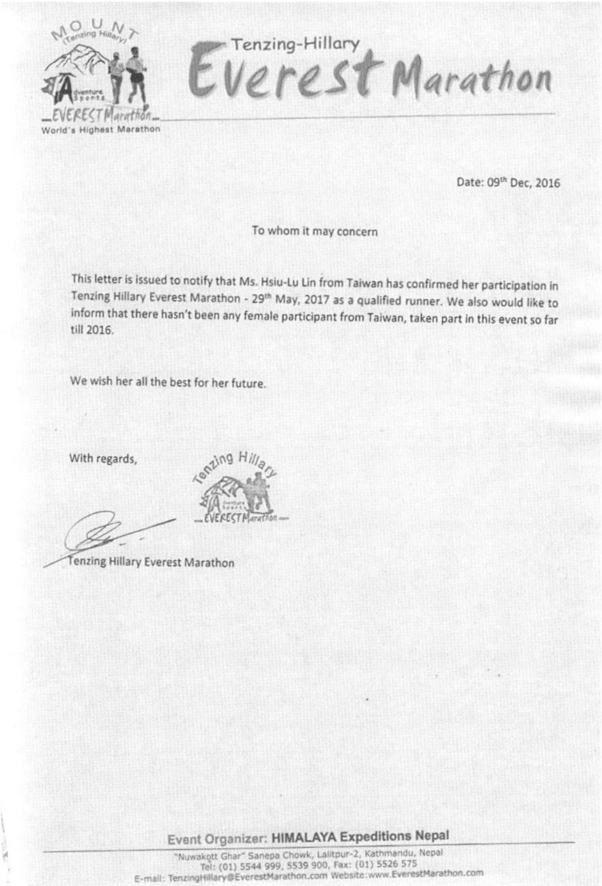

MOUNT (Tenzing Hillary)
Adventure Sports
EVEREST Marathon
World's Highest Marathon

Tenzing-Hillary
Everest Marathon

Date: 09th Dec, 2016

To whom it may concern

This letter is issued to notify that Ms. Hsiu-Lu Lin from Taiwan has confirmed her participation in Tenzing Hillary Everest Marathon - 29th May, 2017 as a qualified runner. We also would like to inform that there hasn't been any female participant from Taiwan, taken part in this event so far till 2016.

We wish her all the best for her future.

With regards,

Tenzing Hillary
Adventure Sports
EVEREST Marathon

Tenzing Hillary Everest Marathon

Event Organizer: HIMALAYA Expeditions Nepal
"Nuwakott Ghar" Sanepa Chowk, Lalitpur-2, Kathmandu, Nepal
Tel: (01) 5544 999, 5539 900, Fax: (01) 5526 575
E-mail: TenzingHillary@EverestMarathon.com Website:www.EverestMarathon.com

聖母峰馬拉松來函文件。

這一切，是怎麼開始的？

- 環島騎車
- 戈壁馬拉松
- 喜馬拉雅環道、島峰
- 聖母峰馬拉松

從環島騎車開始

「陸，來啦！我辦活動妳要來啦！」電話那頭高小峰三寸不爛之舌已經花了五分鐘想搞定我。（高小峰、Marisa是我在政大EMBA好友；而高小峰邀請參加的是EMBA商管聯盟「鐵馬論劍環島」活動。）

「你要我參加自行車環島，我沒車要怎麼環？」

「可以租車！很簡單。」

我們兩人對話就像在炙熱的網球場，你一言我一語；最後受不了的一記殺球回他：「如果Marisa參加，我就參加！」一邊看著電腦專注工作，同時想著Marisa應該不會參加（心中碎唸著：天殺的高小峰！不要再遊說我了！）結果，過了五分鐘，沉寂的電話再度響起：「陸！Marisa說要參加！」

就這樣，我遵守承諾，報名自行車環島活動。
但後來才知道，其實Marisa說的是：「如果陸參加，我就參加！」
高小峰告訴她：「陸要參加了！」

我的運動生涯，就在這場糊弄中展開。

第一次自行車河濱團練時，我與Marisa在河濱租了車跟騎。
豔陽下看著高小峰圓嘟嘟的身軀，可愛的屁股踩著公路車，帥氣飆速從身邊刷過，心想：
「這應該不是我『人』的問題，應該是『車』的問題！」
於是回家後，我就去買了一輛公路車。
從拿到車的第一天，每天三點半起床練車，去適應下彎的把手、變速器、煞車如何使用，並趕在七點半兒子起床前回家。
每天用Google Map設定一個令我好奇的地點，把路線規劃出來騎去打卡。這種好奇感幫助我每天清晨起床的情緒不至於那麼辛苦，反而多了一種想探索的熱切。從河濱水路，逐日慢慢規劃

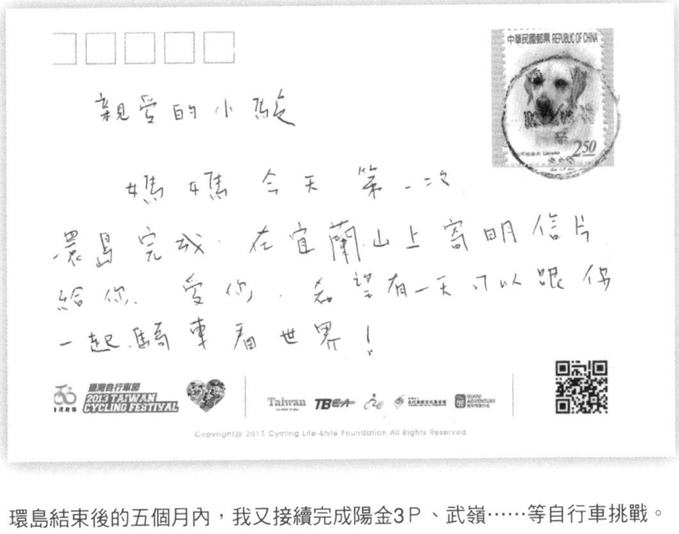

環島結束後的五個月內，我又接續完成陽金3P、武嶺……等自行車挑戰。

到城市近郊的山路，從每日二十公里，逐日累積變成每日至少四十公里。

就這樣，一個半月後我完成了環島。

原本毫無運動習慣的我以為環島很困難。畢竟被富態高小峰在河濱海刷，是一種視覺與心靈的震撼！但在一個半月每日出車的努力練習後，我愉悅地完成了它。

中間當然有辛苦時刻，譬如：爬坡、落山風、烈日、暴雨；但我完全享受這種身體自主，伴隨著風吹雨淋，還有那不預期的風景，遇見的人、事、物！這一切是如此美好！

初半馬意外上了凸台

然後，開始跑步。

原因是偶然看見「戈壁挑戰賽」賽事片段畫面：「一群人站在起跑線，賽道前方有巨大的沙塵暴正隆隆揚起，他們義無反顧地衝進沙塵暴中！」我後來知道這場賽事需連續四天在炙熱的戈壁跑超過一百二十二公里。（此處「戈壁挑戰賽」賽事指的是「玄奘之路國際商學院戈壁挑戰賽」，活動位於中國甘肅省瓜州縣漢唐絲綢古道。每年五月下旬開賽，以EMBA參賽院校團隊成績作為最終排名依據。）

「一百二十二公里」在當時是無法想像的數字，從未跑步的我在心中冒出了一個想法：「要怎麼參加？」詢問得知「先參加社團練跑，之後會選拔」。當時聽了，期許：「十八歲後未曾踏上操場的自己努力練兩年，或許有機會可以入選成為『選手』。」

「選手」這個詞並不在原本的人生清單，更遑論八個月前我還沒運動習慣，但騎車帶來的美好經驗讓我相信藉由「學習」「訓練」，最終「我會進步」！——心中熱切一股腦兒地想參加社團練跑，進入選拔。

如果說騎車開啟我對生活的視野，跑步則深度挖掘我的意志。

記得第一次參加團練，在前輩帶領下用六分至六分半速跑了八公里。那晚有一種感覺是：「我身體有問題嗎？」根本跑不起來，我是用「撐」的去撐完全程。

隔了一週，第二次團練，里程數增加到十公里。

到了第三次團練，又是十公里。

第三次團練結束時，覺得這件事可能不是藉由「學習」「訓練」「我會進步」的思維可以達到，盤算著要退團……

「原來我不適合跑步啊！」

但那時社團已經團報「至善盃光橋夜跑」的半馬活動，也等於「第五次」下場跑步就要完成一場半馬！「好吧！也給自己交代，至少我完成了半馬。」我心裡嘀咕著：「結束後不再跑。」那次半馬，完全沒有配速、補給、任何概念，就是跑、一直跑、一直跑、一直跑。我就像《阿甘正傳》裡的阿甘，腦中只有一個數字，二小時四十五分。

我的阿甘精神「初半馬」。（取自網路）

為什麼是二小時四十五分？

賽前問跑友，女生第一次跑半馬，成績大概要怎樣才不會太難看？跑友說，兩個半小時吧。兩個半小時對初跑者就算是不錯的成績。所以我想多跑個十五分鐘，應該不會太丟臉吧？心中默默設了目標。

那晚抱持著：「以後應該不會再跑了，就把它好好結束掉吧！」的心情拚命跑！過程中跑不動時就緩一點，覺得體力還可以就加速。直到看見前方十八公里告示牌，下意識地計算：「咦，十八公里？這樣不是只剩三公里嗎？」（忍不住低頭看了錶，數字呈現一小時四十五分。）腦袋突然意識到：「我還有好多時間啊！」但這個想法跑出瞬間身體立即當機！從屁股、大腿、到整個腳趾頭感覺好痛！於是停下來，在路邊開始舒展筋骨，邊搥屁股、邊拍腿地慢慢走，一直走到靠近水門接近終點的地方，才不情願地再度慢慢「跑」進去。這場無厘頭的「初、半、馬」我用二小時零六分完成，意外上凸台。

一百二十公里戈壁馬拉松

得知自己上凸台那莫名的瞬間，領悟到：

一、如果我覺得痛苦，後面的人更痛苦，但他們都堅持著。

二、不是身體條件不夠，而是心智條件不夠，我沒耐性也缺乏信心！

原來……「我可以跑的啊！」

於是從那天開始自訓計畫：

每天十公里，不管是用「跑」、用「走」的，就是要完成十公里；一直到可以完整「跑」完十公里，就再繼續增加兩公里。

五個月後，我可以單趟從家裡跑到大稻埕，再沿著河濱公園一路跑到文山區政大，再直上政大後山，一路到貓空纜車站，最後搭貓纜轉捷運回家。

過程中遇到「距離」不行就練距離，遇到「上坡」不行就練上坡；反正遇到「不行」就是去練，把它變成「行」！

結果，我比自己預期的更快成為戈壁選手；從第一天練跑的八個月後，我完成了一百二十二公里的戈壁超級馬拉松。也因此，內心深處燃起一個火苗：渴望每年要完成一件挑戰，讓自我成長的事。

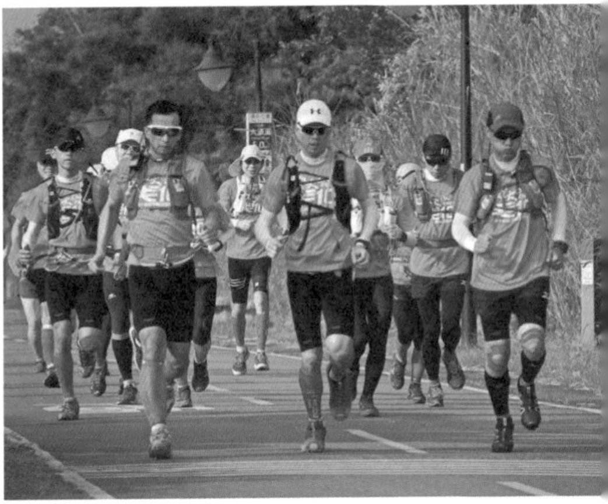

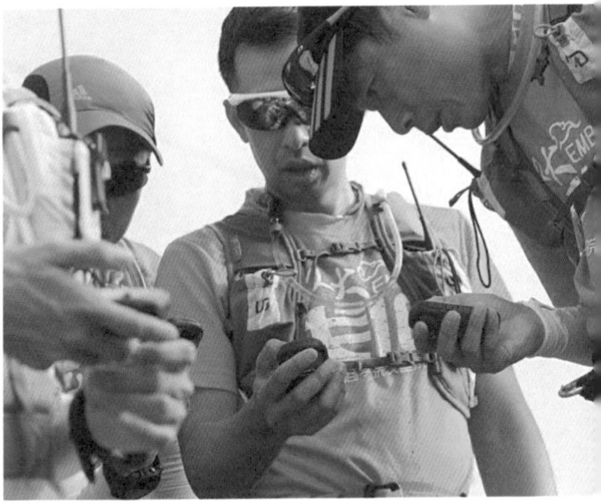

入選戈壁選手後除了自訓外，
我們也在前輩學長帶領下進行各種型態團練。
（photo by：郭順良）

攀岩與喜馬拉雅島峰

戈壁結束隔年，在臉書看到慧萍貼出聖母峰基地營照片，那就像一道閃光，我敲了訊息給她。

短短五分鐘內我們確認行程。只不過這個計畫，從原本的主幹道上行至「聖母峰基地營」，後來擴增難度為繞道走「喜馬拉雅外環道」抵達「聖母峰基地營」，再去爬一座六千多公尺的「島峰」。

「關於山」我的資歷很淺。

決定這段旅程之前，我的百岳經驗只有台灣雪山一座。

出發前經山岳資歷豐厚的友人Abby介紹，很幸運地

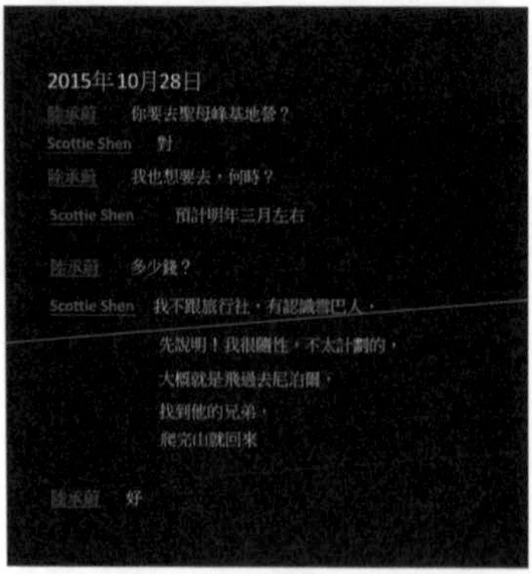
2015年10月28日
陸承蔚 你要去聖母峰基地營？
Scottie Shen 對
陸承蔚 我也想要去，何時？
Scottie Shen 預計明年三月左右
陸承蔚 多少錢？
Scottie Shen 我不跟旅行社，有認識雪巴人，
先說明！我很隨性，不太計劃的，
大概就是飛過去尼泊爾，
找到他的兄弟，
爬完山就回來
陸承蔚 好

戈壁結束隔年，在臉書看到慧萍貼出聖母峰基地營照片，那就像一道閃光，我敲了訊息給她。

前方三角錐形的山，便是島峰。

向山界前輩「小鬍子」戴昌盛教練學習。

一開始跟小鬍子學的是「攀岩技巧」；當時思考「喜馬拉雅山健行」我在體能上應該沒問題，「負重」部分可以自訓，但是關於「攀爬」「繩索」使用技巧完全陌生，心想，也許在高山上會使用到。另外，「攀岩」看起來實在是太酷了，厲害的攀岩者在岩石之間有如優美的舞者在穿梭。而小鬍子攀岩時就有如優美的芭蕾舞者。

在第三次攀岩練習過程中，小鬍子教練突然停下問我：「妳學這個到底是要做什麼？妳的目標在哪裡？」

「爬喜馬拉雅山。」

「哪座？行程規劃？有同伴嗎？」

「一位同伴跟一位嚮導，我們是自己安排的……」接著詳細描述行程規劃。小鬍子聽完，嚴肅地搖搖頭告訴我：「這個高度不是開玩笑的，方便約慧萍過來碰面討論嗎？」後來，我帶著慧萍與小鬍子碰面。

小鬍子對著兩位各別只有「一次」百岳經驗的人，詳細分析整趟行程風險、需要注意的地方，接著說：「我研究過行程，島峰是真的有難度，妳們最好在我要求標準下進行一次山訓，我才能評估妳們的身體與反應。」

那天晚上，我覺得自己與慧萍像是阿呆與阿瓜雙人組，不知死活要去攀登海拔六千多公尺的山，雖然看著小鬍子的資料，心裡覺得刺激，但同時也在思考這個決定是否太冒進？於是，我與慧萍請小鬍子教練安排最嚴苛的訓練，千萬不要手下留情，最後再由他評估我們是否有能力去完成這趟行程。

幾天後，我與慧萍個別負重將近二十公斤，在大雨滂沱中直攻桃山，隔日凌晨在飄雪強風中持續重裝訓練。下山後的我：「我們有達到標準嗎？教練？」

「沒問題了！」小鬍子看著我與慧萍，帥氣地笑笑說：「沒有高山反應，而且毅力過人，不錯！」

「毅力過人」這比較好理解，因為我跟慧萍都算能吃苦的，但「高山症」怎麼判斷？

「小鬍子，高山反應怎麼看？」

「從昨天到現在妳們兩個食量很大、吃很好，對吧?!」

「因為餓了啊！這麼操，而且你超會煮！這跟高山症有什麼關係？」

「昨天在那種天候狀況我們算急升到頂，妳們身體沒有不舒服、食慾很好；如果高山症發作會沒有食慾。而且在急升、溫度冷、天候狀況糟糕下，高山症很容易發作，但妳跟慧萍的體質算不錯，沒發作、能吃能睡。」

於是山訓後沒多久，我與慧萍帶上小鬍子的認證與祝福，踏上尼泊爾的喜馬拉雅環道旅程。

二十二天喜馬拉雅環道旅程中，我們越過無數四、五千公尺以上的大山，每天靠近中午時，當我問中午吃飯地方在哪裡？尼瑪就會遙指另座山頭。我們行經許多地方都需徒手攀爬毫無路徑的山壁岩塊。

過程中，進一步瞭解了自己身體對不同高度的反應與體能狀態；所以當旅程尾聲時，尼瑪告訴我：「妳喜歡跑馬拉松，我們這裡有『聖母峰馬拉松』，來吧！」

這是我第一次聽到「聖母峰馬拉松」。

桃山山訓下山時。

攀岩訓練。（photo by：小鬍子戴昌盛教練）

我、小鬍子教練、慧萍。

近二十公斤的裝備。

再度踏上盧卡拉機場

於是隔年後的今天，我再次踏上盧卡拉機場。

抵達機場後立刻傳一通訊息給尼瑪，告訴他：「我安全了！」便立刻像驢子般扛起四十多公斤行李，獨自從機場內拖拉到機場外頭，再一屁股坐到馱袋上等明瑪。

明瑪是尼瑪的二弟，有著健碩圓嘟嘟的身體與爽朗笑容，眼睛細細圓圓的充滿笑意，聲音洪亮十分爽朗，見到我第一眼便興奮地喊：「陸，我是明瑪！」。接著揮手跟周圍馱夫咕噥地說不需他們服務，轉身彎腰便背起我的大背包，拿起馱袋邊走邊問：「感覺如何？累嗎？」

他用著似乎認識我很久的熟悉語調，扛著行李向前跨步走，我趨身穿過眾多等待工作的馱夫、小販，在人群之間趕上他，從他手裡把馱袋一側抓回，握到手裡說：「我們一起拿吧！」

明瑪側臉看著我，有點意外地笑說：「妳？馬拉松！很強壯！」（他的意思應該是指：妳跑馬拉松，所以身體很強壯啊！）我笑著回：「還好，普通強壯。」然後用另隻手比著大力水手秀肌肉的姿勢。

盧卡拉最繁華的街。

走上階梯左轉後，周邊熟悉的景物映入眼簾，想著再幾步路就會進到盧卡拉市集；短短石梯路往上，會經過一長排鐵絲網，那是盧卡拉飛機場跑道盡頭壁岩端的鐵絲網；通常鐵絲網上會有許多紀念旗幟綁著，去年我也綁了一條在這裡。然而今天卻沒有看到太多布旗綁在上頭，也許是到了五月聖母峰攀登季節即將落幕，紀念布旗也被撤下來。

隨著明瑪一路扛馱袋抵達市集，他要我在街上等，他去找馱夫。望著這條美麗的街，看著襯在白雲朵朵裡的遠山：「天氣真是出奇地好！」街上土耳其藍、翠綠的門框，與各種顏色門板招牌，讓這個小村落在藍天照映下顏色都活鮮鮮地發燙！我不由自主深吸了一口氣，想要記住此刻完好無缺、自由呼吸的感覺。過沒多久明瑪領著一個馱夫走過來，把馱袋交給他後，我們便再度起身出發到尼瑪大妹芙蒂家的民宿，這也是我未來三天即將落腳「受訓」的住處。

妳記得這段路嗎？

「妳記得這段路嗎？去大妹（芙蒂）家的路？」

「怎可能？我才來過一次，而且我是路痴！」

「很簡單，就一條路而已！我們已經想好，這幾天妳就從大妹家的村落，練習跑到我家那邊的村落，然後再跑回大妹那邊。」明瑪的手指在空中來回比劃著。

「你家的村落？」

「對啊！明天芙蒂會帶妳過來我這邊的村落，先練習一次，沒問題的！」他用調皮的眼神端詳我：「來！我們跑跑看！」我腦中還正在想像村落與村落之間的距離，一個圓咚咚身體已經跑在前頭；我大喊：「明——瑪！我、不（認識路）……」話沒說完，只能毫無選擇地追上去。

一路跟著他，我覺得好氣又好笑。眼前圓滾滾的身手簡直是金庸小說筆下的周伯通！剛剛有兩隻驢，他毫不考慮地就往山壁內側飛簷走壁地跳著繞過去，我只能用笨拙步伐照著他的路線跳過山壁卻差點滑倒。

明瑪胖碩的身軀跑得好輕盈、路徑也讓我覺得新鮮，如果是自己跑，我不會想到竟然可以這樣跑。在這起起伏伏的山徑我跟得很緊，直到靠近芙蒂家前四百公尺有段路況不好的上坡，明瑪才緩了腳步走起來。氣喘吁吁的我邊調著氣息、邊看著他笑說：「剛剛飛簷走壁好厲害！你怎麼沒報名馬拉松？」

「也許以後有機會喔。哈哈！」

「這個賽事村落的人知道嗎？」

「當然啊！整個喜馬拉雅山的人都知道！這個比賽很大的！」他誇張地用雙手在天空畫了一圈！一陣閒聊中我們抵達了芙蒂家民宿。

剛剛與明瑪跑的那小段路，把我拉回某種現實感。腳下的路、眼前的驢，錯身經過的販夫走卒，讓我更清楚感受眼前這場賽事跟以往參加過的任何競賽都不同；這場賽事因環境限制，它不會有交管、也難以有完善的補給與醫療站，更遑論因通訊、天候、溫差與其他突發狀態所可能衍生的風險。更重要的是這段路才位於海拔二千八百多公尺，當「健行」時完全無感，但剛剛

「跑」起來卻覺得雙腿蹣跚、氣喘吁吁；然而，這段路還算平的。

去年回程時我們是從主幹道下來，印象中整條主幹道相較外環道的險惡地形是安全容易的，但剛剛「跑」的時候腳步竟產生遲疑恐懼，心想：「如果海拔再往上，狀況會如何？」回到民宿房間後心裡有些沉重。立刻打開大背包，從裡頭拿起比賽要用的越野水袋，把它丟在床上，然後站在床沿專注地望著它，心中模擬在開賽日當天可能要背負的東西，開始一件件地塞進去。

5月14日

恰布隆村落(Cheplung)

海拔：2665公尺

今天開始進行體能訓練

五點多起床，打開冰冷的水龍頭刷牙，接近零度的水刺激著牙齦與舌頭，冷意直衝腦門。房間裡濕冷空氣中飄蕩植物的清香，我對著眼鏡呼了一口氣，把凝結在鏡面上的霧氣擦拭，穿上跑衣、鞋子、保暖背心。

覺得幸福感十足，在這種偏遠地帶，尼瑪大妹芙蒂家是設備完善的豪宅，有馬桶、水龍頭、與舒適的房間！

我帶了兩雙越野鞋與一雙登山鞋，因為不確定在這樣的路面跑，腳底承受的能力，所以馱袋依舊不變地塞了去年環山走的登山鞋。但希望移地訓練實測的結果是讓自己有信心穿越野鞋完成，畢竟登山鞋與越野鞋的重量差很大。

今天我想先測試H牌的越野鞋。著裝完畢後走到樓上餐廳，穿著雪巴傳統服的芙蒂已笑盈盈地站在那裡等我。

我：「早安！」

芙蒂：「早安！妳準備好了嗎？」

我：「好了！我們可以出發。」

走在前頭的我踏出門後直覺地往左轉，芙蒂立刻從身後喊住我：「不！不！不！」然後領著我往右邊繞著民宿前綁著幡旗的石墩木柱折返一圈，再向左往前。

我：「為什麼要繞圈圈？」

芙蒂：「祈福啊！這樣才可以平安，帶來好運！」接著我看見一個熟悉的表情，芙蒂正用一種調皮的眼神端詳我（她的眼睛跟明瑪好像啊！），然後穿著裙子的她飛快用六分速跑起來！

我第一個念頭是：「這裡的人怎麼都那麼會跑?!」沿路，村裡的居民看到我就會喊：「馬拉松！馬拉松！」然後笑笑地拍著手示意你「再跑快一點」！

這段從芙蒂家出發往上跑到明瑪家大概是四十分鐘路程，路途每經過一個佛像、石墩，芙蒂就會繞個三圈再往前。而我腦袋只拚命地記憶路線，確認有沒有岔路？因為明天就要在這段路上自主練習。

自從昨日離開盧卡拉，整個山區收訊都不好，我在加德滿都買的SIM卡用處不大，網路表現得很隨意，幾乎沒作用。今天在台灣是母親節，更加深了抵達明瑪家後，我想直接折返一口氣地跑回盧卡拉市集，找家咖啡館用Wi-Fi向媽媽報平安。

芙蒂家的民宿房間窗明几淨；我習慣到達定點後把所有物品就定位、清點物資，準備明日使用裝備。

芙蒂家前院幡旗。

五月山巔的櫻花

記得去年三月到這裡正好遇上印度的胡里節，一踏進機場臉上就被點了玉米粉。胡里節是來自印度古老的節日，源於印度著名史詩《摩訶婆羅多》。傳說從前有一位狂妄自大、暴虐無道的國王，不准人們信仰天神，然而他兒子是天神的虔誠信徒，因此國王對王子懷恨在心，想盡辦法要置他於死地。

國王有一位妹妹名叫胡里，曾得神靈護佑因此不怕劇烈火焰。國王企圖燒死王子，便讓胡里抱住王子跳進烈焰之中，沒想到胡里卻葬身火海，而王子卻毫髮未損地走出來！於是開心的人們向王子撒出七彩粉以讚頌善良、憎厭邪惡。

胡里節映襯著春天，暗示來年穀物旺盛的豐收和希望；走在這段路上的春天，像是走進一場奼紫嫣紅的繽紛盛宴，海拔三千多的山景處處迸出色彩絢麗的花朵，尤其茂密的櫻花樹在山風中有如少女般嘻笑搖盪，盪多點時嬌弱的花瓣從藍天中飄落四散。

現在五月的山巔，一路跑來沒看見去年令人心醉的櫻花，只感覺清晨初夏的陽光融化毛孔間冰露；我皮膚敏銳地想感受風、氣溫、與步頻變化。

今日練跑的這段路程在海拔二千六百多到接近三千公尺之間升升降降，到了明瑪家民宿向外望去，遠處濃霧從青翠山谷裡瞬間升起，霧氣繚繞的山谷間，陽光照耀在雪白山巔，我入神看著眼前晶瑩奪燦景象，明瑪正端出熱騰騰的奶茶。

五月雪白山巔。

喜馬拉雅山上的櫻花。

我的教練團與啦啦隊

「跑得還好嗎？明天我會在這裡等妳！」明瑪熱情地說，我笑望著他與芙蒂，感覺尼瑪家人都成了教練團與啦啦隊！

如果三、四月這片可愛的村落正沉浸於調皮戲春的胡里節，那整個五月應該就是馬拉松季吧！早上七點多山徑間已經開始繁忙，我喝奶茶遙看山景同時，可以聽見行經明瑪家的友人、鄰居，正熱情交談關於馬拉松話題。

明瑪笑嘻嘻指著芙蒂說：「今天是她第一次跑步。」

「什麼?!第一次！芙蒂穿著長裙還跑這麼快?!」我莞爾心想：「這還要比嗎？」看著芙蒂紅通通的雙頰像蘋果，對著她說：「謝謝妳，我好感動，妳跑得好厲害，要不要一起報名跑？」芙蒂立刻笑著搖搖手說不要。明瑪看著我，指著芙蒂說：「她已經鐵腿了！」

告別明瑪回程時，可以感覺芙蒂的腳步慢下來，我邊跑邊再次與她確認路徑。尤其是經過鐵

明瑪家民宿，芙蒂正坐在前院休息。

橋的地方有一小段路讓人很困惑，我在那裡重複跑了兩次去辨識旁邊屋子的顏色與景貌才繼續向前。到了芙蒂家後告訴她：「我想再跑到盧卡拉，妳不用陪我。」

離開芙蒂後，我雙腳不由自主加速，身體已經適應目前這個高度含氧量，整個腦袋專注於地面路況，同時練習穿越前頭的馱夫。

馱夫通常腳程快速，去年我與慧萍來健行的時候，一路行走總是被路上的馱夫、牛、馬、驢超車。當時扛我們馱袋的是一對年輕兄弟檔。我記得有一天要連續翻過幾座五千多公尺大山（事後我稱它為：喜馬拉雅五連峰），爬到最後一座時，我與慧萍兩個人已筋疲力盡地坐在山巔，休息遙看即將落腳的村落，心想：「天啊！要走到什麼時候？」

突然遠遠的，兄弟檔中的弟弟從村落方向走過來，原來他們已經把我們馱袋扛到村落，但等太久，所以弟弟回頭來找我們，看看有沒有需要幫忙？最後這位可愛的弟弟幫忙拿袋子，再陪我們走回村落。所以練跑時看到馱夫，我把他們當標的，提醒自己要不停超越。

抵達盧卡拉市集後，我再度折返回山徑，用不同配速又跑了兩趟，想細細感受越野鞋路感，心想：「應該可以全程用越野鞋，至少目前這雙沒問題！」

測試後回到市集，跑進奶味飄蕩的咖啡館裡頭，綁著馬尾的女店員酷酷地看著我：「點什麼？」一旁老闆娘正晃著小小的焚香爐、口中唸著經文。

「一杯拿鐵、一份總匯三明治，謝謝妳。」說完轉身我便走進旁邊的房間，立刻找起插座，將手機充電發訊息給媽媽，才如釋重負地吃早餐。

這個房間像是一間溫室，窗外一望無際的山景大大地座落在身邊。

老闆娘晃著小小的焚香爐走進來，突然看著我說：「馬拉松？」

我笑笑望著她，「是的！」

她問：「多快？」我心裡想著要怎麼回答？是指今天跑的嗎？要從哪裡算起呢？（就從芙蒂家告訴她好了）「從恰布隆村落到這裡三十分鐘。」

她聽完點點頭，繼續晃著香爐說：「嗯，要加油！加油！」她似乎覺得我應該要再快一點，這個速度太慢。

「謝謝妳，明天繼續努力。」老闆娘默默地點點頭沒多說什麼，繼續搖著手中香爐晃出去。

市集裡的咖啡館靠盧卡拉機場很近。

由於山區不時就會出現濃霧強風，盧卡拉機場必須在天候限制下消化每天約三十個班次，甚至許多時候會出現機場關閉無法起飛升降的狀態，所以有許多正要離開的旅人會在咖啡館閒晃，等待飛機是否起飛的消息。

市集的食物特別美味，我想應該是靠近機場的關係吧！

聖母峰橫跨中國與尼泊爾兩端，尼泊爾這端的物資大部分都是由盧卡拉這裡運輸轉送到更高海拔區域。於是當一路往上爬升，氣溫跌至零下四、五十度時，這也代表日夜溫差巨幅變化；食品（尤其是肉類）在運輸過程中便難以保持新鮮。其實當大氣含氧量不到四成的時候，就連「人」

的生存機率也隨之驟降；所以越往高海拔，物資（水、電、食物）越貴，衛生條件也越不好。

此刻望著眼前咖啡熱氣、與渺渺柏香，在透窗陽光中和諧飄蕩，我嘴裡嚼著美味三明治，心中泛起平淡的安靜。

生活在喜馬拉雅山上的人，從尼泊爾裔至雪巴族，許多人奉循悠久燦爛的焚香文化稱「煨桑」。稍早咖啡館老闆娘拿著香爐口中唸著經文，便是在進行清晨煨桑儀式。

煨桑是高原先民與神靈溝通的方式，他們認為裊裊而起的香煙可直達神靈居住地方；煨桑焚燒的內容包含柏枝、巴里、艾蒿、青松、糌粑或其他的食物供品，幾乎每戶人家早上打掃後都會舉行煨桑以祈求平安福氣。

煨桑除了室內，也會在戶外進行，尤其攀登聖母峰前，一定要舉行煨桑儀式後攀登才會正式開啟，因此山中不時會看見煨桑過程所產生的煙霧。

我望著窗外山中煙霧，發現遠端雲象正在改變，心想：「啊！要下雨了！」於是告別咖啡館，再度起身跑回芙蒂家。

我依舊專心感受路面並觀察腳底狀態，跑的時候突然想起早上芙蒂陪我跑步時她腳下那雙舊鞋，鞋端布面已經磨損到有破口。

回到民宿，我特意尋著芙蒂教我繞石墩的方向去繞了一圈，才在門墊前停下，刷了刷鞋底塵土後，想也不想地就跑去房間，從馱袋拿出我在台灣清洗過還沒穿的登山鞋，跑上樓去找芙蒂。

「芙蒂，我回來了！有個東西想送妳！」芙蒂驚訝地看著鞋，美麗的雙眼發亮，像是透著溫柔月光般的眼神望著我：「妳不需要嗎？」

「我不需要了！妳喜歡這個款式嗎？」

「喜歡啊！」然後指著鞋說：「好鞋！」開心地呵呵笑。

「穿上，試試看合不合腳吧！」

結果芙蒂的腳跟我一樣大，果然沒看錯！我與芙蒂對這個結果都滿意到不行。

看著芙蒂穿鞋，發現她鞋帶綁錯，直覺蹲下靠近她腳邊想要示範登山鞋如何綁，她嚇一跳把腳收回，害羞說：「妳這麼靠近腳，我擔心味道不好。」

「我沒聞到任何東西，妳不要擔心。我現在綁一次，妳再照著綁一次，好嗎？今天在台灣是母親節，這是妳的母親節禮物！」

送給芙蒂我唯一的登山鞋，我決定要穿著越野鞋跑，跑在這座大山，跑進聖母峰馬拉松的起跑線前！

芙蒂與登山鞋。

5月15日

恰布隆村落(Cheplung)

海拔：2665 公尺

雨天練跑

昨天下了一整晚的雨，直到今天清晨還在下，一早吃了當地的傳統早餐「豆泥」便急著出門跑步。芙蒂泡了香濃傳統奶茶看著我問：「不喝些？暖暖身？」我回答：「要把握時間多跑些，雖然不會是冠軍，但千萬不要最後一個回來，讓你們丟臉。」

過去兩天，從尼瑪家人、到沿路的村落街坊，全村的人都好像被悄悄植入「馬拉松熱」。前天，弟弟明瑪從盧卡拉領著我回芙蒂家，說走走，結果用跑的，還讓我近距離見識到「飛簷走壁」！

昨天，芙蒂領我去明瑪家，說走走，結果用跑的，沒跑過步的她還真快，而且一路觀察我的跑姿與對地面的反應。

現在村落每個碰到我的人，都是笑著打招呼說：「馬拉松、馬拉松！」而我只想大口呼吸地加緊練習，因為尼瑪家人現在也變成教練團。今晨出發時雨大，我跟芙蒂說：「這樣很好，更接近冰河地形的地感！」而且，人生不可能每天都好天氣，這種時刻更是最好的訓練時刻！

天氣不好，反而讓我更專心去面對路況。

路上遇到一名當地跑者，他去年成績快到終點時大概是四小時，但路上吃補給站提供的食物，結果食物中毒暈倒，因此我不準備吃大會補給，這意味身上要背的東西更多！

大雨不時讓腳陷在泥濘的土層，也讓石塊更加滑膩。我試著讓身體所有細胞打開去看見前面的路，判斷腳踏出的步伐，學習在不同坡度與海拔狀態讓身體與環境找到平衡。

在喜馬拉雅山遇到的第一位當地跑者。

安全完賽最重要

昨天芙蒂的老公安泰迪對我說：「妳有一個好走姿！」研究了一下，我想他們指的是核心與步伐創造出的協調與韻律性。但其實我是跟雪巴學的，我無時無刻都在跟雪巴人學習，他們是天生的越野跑山好手。從去年來這裡，發現與這座山相處的方式，就是「走路像個雪巴，思考像個雪巴。」在我心中雪巴才是這座山真正的主人！

今天刻意在無上坡路段把速度維持在六分速內持續地跑，若遇到困難地形掉速，我就會在那個區段折返重複跑兩次，完成後再繼續向前跑。上坡路段若是地形許可，便維持在八、九分速。心想：「如果目前的海拔與路況我都跑不起來，再往上加海拔三千要『走』到天荒地老？」

從明瑪家折返，我感覺狀況開始轉好，強度拉大卻沒那麼喘。持續跑了四十分鐘再度接近盧卡拉市集。

帕桑・拉姆・雪巴。

每次到這裡都會經過一道拱門，拱門上方有一位女性紀念頭像。她是一九九三年第一位登上聖母峰的尼泊爾女性帕桑・拉姆・雪巴，這位三十一歲的年輕母親在登頂後下山時失蹤，搜索隊十八天後找到她的遺體。

和尼泊爾其他族群比較，雪巴族女性享有更大的自由，但這不代表她們已經獲得應有的平等。在帕桑・拉姆那個年代她沒接受教育，她渴望即使不上學也可以有成就，所以她決定去爬聖母峰！

當時她承受到巨大壓力，「妳在幹什麼？妳有孩子、妳結婚了，應該留在家中照顧家庭！」帕桑．拉姆的回答是：「來自世界各地的男男女女都來攀登我們家後院的高山，為什麼我不能呢？」

勇敢的她打開雪巴女性眼界，甚至啟發無數尼泊爾婦女。

「是啊！為什麼我不能呢？」想起三年多前開始練跑，練得好有壓力。有時大清早穿上運動服不小心撞見長輩，只好說：「我出去買個東西。」就急忙心虛地出門沿著河濱跑個半馬，再隨便帶個東西回家。同時也想起媽媽，我這趟出來她是如此擔心。

從小一直在「媽媽期待」與「個人嚮往」的價值觀之間拉鋸。她含辛茹苦栽培女兒學琴，期待未來可以教鋼琴、當音樂老師之類；但我對當音樂老師並不感興趣，我愛的是音樂創作本質與它帶來的廣闊世界。「想像感」比一份「職業」的驅動性帶給我更大熱情。

有時候會有一種感覺，我是否沒有成為媽媽所期待的樣子？更確切地說，我是否沒有活在傳統價值觀所期許的樣子？但什麼是正確樣子？只能有一個樣子嗎？我知道媽媽不能理解我的選擇，所以會擔心。於是我試著在人生其他區塊努力讓她放心，譬如：拿三個碩士文憑、讓生活工作無虞、盡所能地照顧陪伴……但，關於跑步，她跟許多人一樣不懂我在跑什麼？為什麼要跑？不同的是媽媽愛我，在她偉大母愛中包容我的選擇。也因此「一定要完好無缺地回家啊！」看著帕桑·拉姆·雪巴的頭像，想著媽媽，告訴自己：「安全完賽是最重要的！」

不只一個全馬

走進咖啡館，點了一杯熱可可後就進到那間有插座的溫室。咖啡館老闆娘依舊在進行清晨煨桑儀式，看著我走進來，她也拿著香爐慢慢地晃進來，停在我身邊，「多快？」

「從恰布隆村落到這裡二十分鐘。」

聽到後，她暫停手中晃動香爐的動作，抬起頭看著我，「不錯喔！」邊說邊點頭地晃到隔壁房間，然後聽到她跟那位酷酷女店員回報：「二十分鐘。」我聽著不禁泛出笑意，覺得這家店好可愛。

正在進行煨桑的咖啡館老闆娘。

一如往常用手機報平安後，開始檢視今天跑的狀態。我知道今天速度還可以更快，尤其在下坡區段；目前我已經適應海拔高度與鞋子。但刻意先不求快，因為這場賽事非一般路跑，我甚至懷疑在上面的「可跑性」有多少？

今天在這段不算長的路程中，氣候變化很大，幾秒間就從大雨濃霧轉成小雨陽光，突然間又變成大雨。同一段路也因為天候不同，行進間突然難以辨識是否為同一條路？

其實，在報名這場賽事前我從沒「單日」跑「超過」四十二公里（一個全馬距離）的經驗，但聖母峰馬拉松不管在實際距離、體力負荷的海拔狀態，絕對超越不只一個全馬。

因此準備這場賽事前，身邊有一位鞭策者「大Ben」，帶著我單攻雪山、北大武山……等進行山訓，更替我報名了「陽明山超級越野馬拉松」六十六公里。

用爬的也要爬完

依我貧乏的越野經驗，「陽明山超級越野馬拉松」會是很好的訓練，而賽事當天老天爺也非常幫忙，陽明山狂風暴雨十分地冷，當時雨勢大到雨水從雨衣袖口灌出來。剛開始順順地跑，用習慣的跑法去對應；包含下坡就是猛力刷，直到最後的十多公里突然完全不行！低溫中膝蓋劇烈疼痛發作，肌肉緊繃到寸步難移，我從路邊撿了樹枝在滂沱大雨中龜速移動。後來很幸運，有認識的跑友經過，主動提供登山杖，我一拐一拐地撐完全程。

當時大Ben應該默默希望我可以自願坐上回收車，因為他在旁邊很可憐地陪走到整個身體抖不停，幾乎是失溫狀態。看著嘴唇發紫的他，我說：「你放掉我吧！」但他就是不肯放，雖然事後我請他喝雞湯作為補償，但當下心裡還是過意不去。

為什麼「堅持」？

我那天只給自己一個任務：「就算用爬的，也要完成這六十六公里山路，必須要讓身體記憶超過四十二公里山路的感覺是什麼！」重要的是這個「堅持」不會導致更大風險。

下山時除了嘴巴顫抖，不停地問大Ben：「距終點還有多遠？」腦袋也同時在思考：「長距離下坡要怎麼跑？」身體在感受：「肌肉對溫度的反應是什麼？」我開始警覺，不只氧氣、負重對身體產生影響，面對大自然襲擊身體時，越野環境賽事需思考的層面更多。

也因為這場陽明山賽事經驗，在喜馬拉雅山上移地訓練時我更注意環境，探索不同跑法。更重要的，此刻我的起跑線還遠在海拔五千四百公尺處，在開跑前，身體不能承受任何受傷的風險！

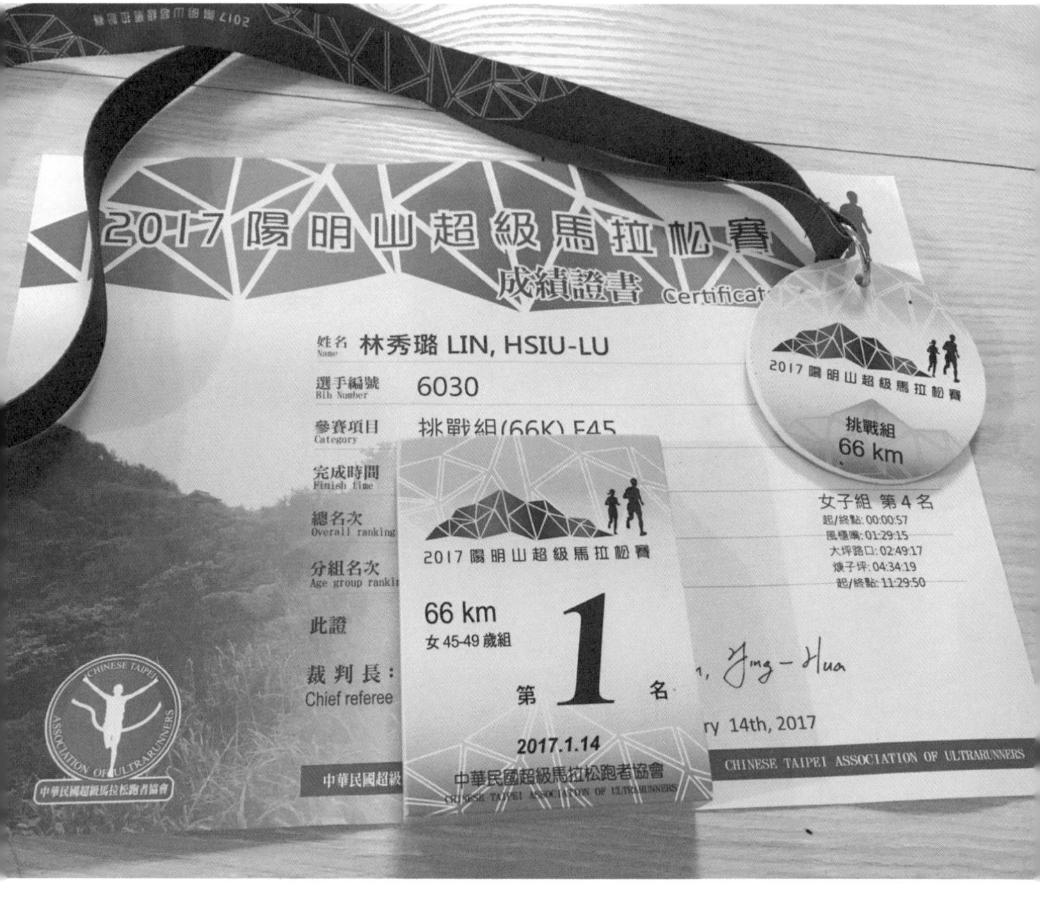

這場六十六公里的「二〇一七陽明山超級越野馬拉松」，
因天氣惡劣導致太多人棄賽，我竟獲得分組第一名。

雪巴人是喜馬拉雅山的主人

練跑回家，芙蒂已經在飯廳等我。我注意她已換上那雙登山鞋，笑嘻嘻地問：「中午要吃些什麼？」

這幾天，芙蒂與她老公安泰迪對我飲食提供許多建議，諄諄囑咐哪些可以吃、哪些不能吃。於是我跟她說：「今天你們要吃什麼，我可以跟你們一塊兒吃嗎？」我看到芙蒂表情有些驚訝，後來才知道這裡的習慣是外國人吃完飯後他們才會上桌吃飯。

我笑著指著她、再指自己：「我們是家人、朋友！一起吃、一起吃！」她點點頭後，進到暖烘烘的柴火廚房開始準備午餐。我坐在飯廳通鋪的座椅，四處張望時發現牆邊老照片：「咦，那不是安泰迪嗎？」我訝異地對他說：「你看起來就像是個運動員啊！你是嗎？」那張泛黃龜裂的照片中，一位年輕人充滿肌力，瘦瘦身形穿著專業運動跑服，在這裡不常見。

安泰迪嘴角得意地揚起，滿臉笑意回答：「對啊！我是啊！我還曾經去過登山學校，接受完整登山專業訓練，訓練的內容包含高山馬拉松。我在一九八〇年『義大利國際探險團隊』攀登聖母峰中是屬於冒險團隊正式成員。我不是馱夫、也不是廚師，是正式入選成員喔。（他特別強調）！」

他是雪巴族，雪巴是喜馬拉雅山的主人。雪巴從天生的基因到後天環境已養成戰鬥民族特質，要在這種極美卻困苦環境下生活，日日都是挑戰。

剛剛安泰迪告訴我那段話的意思就是：「他已經不只是海軍陸戰隊了！他是菁英中的菁英！」

難怪這幾天點餐時，他會默默位移到身邊告訴我該點什麼。我每天出門，他總會從屋子裡隔著窗戶向外注視我的跑姿。如果喜馬拉雅山上需要ＣＩＡ，他就是那種身懷絕技但完全看不出的特務人員。

安泰迪繼續起身拿出一本紀錄文獻，這本文獻是關於「一九八〇年義大利國際探險團隊攀登聖母峰」的完整紀錄，他開始翻著書頁對我解說：「自從一九五三年希拉里與諾蓋首次攻頂聖母峰成功，開始有許多探險團成立；我們都算屬於第一代的探險團。」看著照片中的裝備，我不禁感到恐懼！

明顯看到當年探險隊雖然擁有專業裝備，但相較於今日現代化設備：輕量的登山衣物、背袋、氧氣瓶、冰斧、冰靴……等，這些物品的性能與重量就差距好大！（他們隨身要扛著多少重量啊？）安泰迪繼續說著：「當時補給遇到狀況，我們在山上等了兩個禮拜，補給到位後又遇到三個國家爭著做首發隊伍，在弭平大家意見、所有狀況搞定後，終於出發爬到位於南坳的第四營，我們在那裡遇到強風，後來只能勉強再往前推進到海拔八千公尺。最後，我們不得不折返。我當時站在那裡，望著『她』（聖母峰）。」

安泰迪的表情似乎進入到另一個時空，從他雙眼，我看到狂風暴雪打在身上的靜默。那雙歲月刻蝕的雙手持續緩緩翻著書頁，突然停在隊員介紹頁，指著其中一張照片說「他死了」，繼續瞇著眼，又指了另兩張照片：「他也死了……這個也死了。」

我：「什麼?!這麼多人都在這次登頂過程中去世?」

「沒有，前面這兩個是後來去爬其他山時意外死的，很年輕就去世；後面這個是生病，我們常去很高的地方，身體會有後遺症，他是中年時候生病走的。」

他看著蒼白泛黃照片，一個個的點名，又指著另一張照片：「這個女生後來嫁給美國人，住在美國沒有再爬山。」到最後，當年的探險團成員只剩下安泰迪一個人還在這座山上。

年輕時候的安泰迪。

當年探險隊的影像紀錄。

Alitalia
Il 23 luglio partiamo dall'aeroporto Marco Polo di

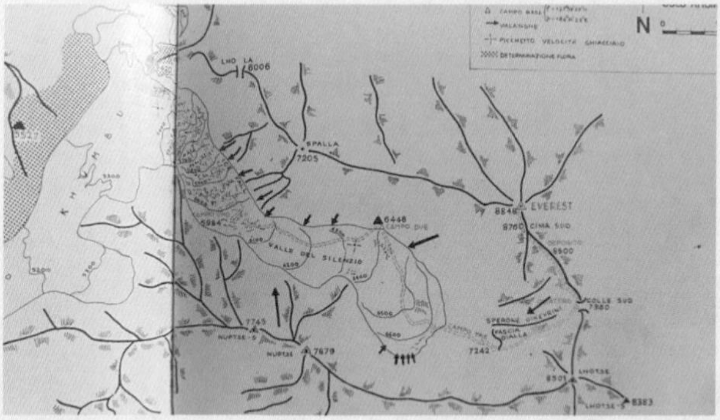

探險隊的攻頂路線。

我與安泰迪。

朋友都已長眠於山中或遠走他鄉，

當年的探險團成員只剩下安泰迪

一個人還在這座山上。

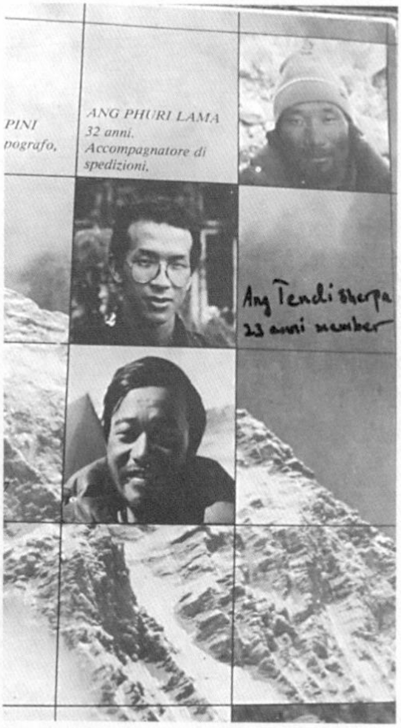

年輕時的安泰迪與芙蒂。

安泰迪掉入深深的回憶。

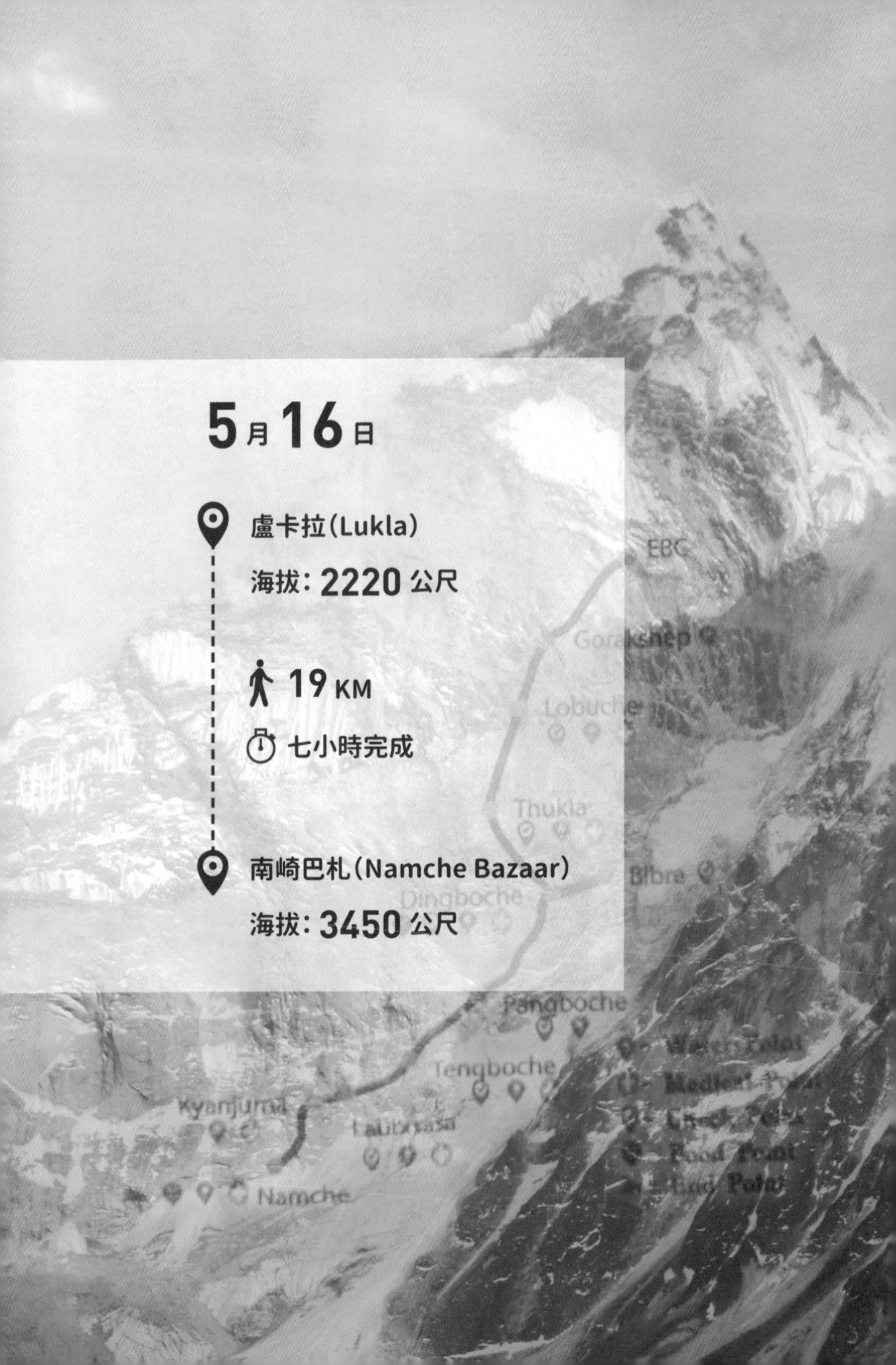

5月16日

盧卡拉(Lukla)

海拔: 2220 公尺

19 KM

七小時完成

南崎巴札(Namche Bazaar)

海拔: 3450 公尺

最困難的部分？

如果你曾經在海拔八千，望著八八四八。

我坐在盧卡拉的咖啡館等待尼瑪，他今天會飛到山上與我會合，會合後便動身直上南崎巴札。看著地圖與規劃表，明天之後的訓練路程大部分都會高於台灣玉山海拔。今天咖啡館的老闆娘看到我。依舊晃著香爐走到旁邊問：「多快？」我說：「今天沒跑，待會兒要出發直接到南崎巴札。」眼睛望著握在手心裡的咖啡，腦中依舊飄蕩安泰迪說的那句：「我當時站在那裡，望著『她』。」……那是怎樣的感覺？

在海拔八千公尺，氧氣與氣壓只剩下平地的三分之一，人體在這樣的環境中腦部運作、心肺、消化、代謝功能，以及各種內分泌都會受到極大影響。我記得第一次來這裡，當海拔過了三千五百公尺，一到下午四點身體就會感到沉重，到了夜晚更難以入睡。當進入六千公尺以上，我覺得自己只剩軀殼，所有的反應變慢，移動遲緩。而八千？在簡陋配備與刺骨強風下那會是怎樣的情況？最糾結的是在耗盡三個月，離目的地只剩八百公尺，卻只能望著「她」選擇轉身而去，那是多複雜的情緒？這是一條命的抉擇，也是一輩子的轉身！

尼瑪曾經成功登頂聖母峰四次。（尼瑪四次攻頂中，三次是從尼泊爾這端，另一次是從西藏那頭。）尼瑪的個性沉穩、內斂，每次與他聊到登頂這件事，他總是淡淡地說：「攀爬聖母峰的確有風險，但技術性上『她』並不是最困難的一座山，有許多山在攀爬技巧上更加困難，只是『她』，真的、真的、很『高』。」

「最困難的部分在哪裡？」

「如果從南側上去，最危險的地方是在聖母峰基地營和第一營之間的昆布冰瀑，那邊有無數的巨大冰塔和陡峭破碎的冰河裂隙，加上現在地球暖化，很容易雪崩，地面變得很薄，容易掉下去。通過第一營後就還好，一直到第四營超過海拔八千後風險又變大。從西藏那邊出發，路線比較單純，運輸方便很多，最高營地距離峰頂較近，但風比南側強，一陣風就把帳篷從西藏吹到尼泊爾了。」

自從踏上這座山，每晚睡覺躺在床上都覺得：「真幸運啊！今天有山神眷顧，我又平安度過一天了。」但同時，對於心中所設目標會既興奮又飢渴地想要抓更緊，因為度過今晚，似乎明天又靠目標更近了。所以當聽到安泰迪去攀登聖母峰，峰頂就在眼前，他卻不得不的告別……放棄就像是心口的一刀，轉身當下也是閉上眼的告別，「放棄」的確是最折磨人的勇氣。

正當我陷入安泰迪與尼瑪登頂的事，靜靜躺在咖啡館一角正在充電的手機突然響起震動，將思緒拉回。原來是雪霸從台灣臉書傳來訊息：「尼瑪已經到芙蒂家」。

於是我匆匆地離開咖啡館，跑回芙蒂家與尼瑪會合，準備動身至南崎。

尼瑪登頂聖母峰的照片記錄（攝於尼瑪家中牆面）。

我不是行者，而是跑者

從盧卡拉到南崎巴札健行往上需花十二到十五個小時，一般安排是兩天旅程。經過這幾天的練習與高度適應，我內心十分期待今天的「測試」，目標是單日最短時間內抵達南崎。因為過南崎海拔三千五百公尺後，那是另一個完全不同景況的挑戰。

試想，如果從海拔二千多到海拔三千五這段含氧量與路況環境相較舒服的區段，腳程若無法保持一定速度，甚至因為速度導致身體發生狀況，那持續往上要怎麼跑？我必須測試自己身體狀態去擬定後面策略。我猜測尼瑪可能也是如此思考，他想知道我目前的狀態如何，所以才安排當日直上南崎。

去年來這裡宛如行者……「呼吸著，並不代表活著」。當時我的狀況並不好，似乎也因此內在情緒多了些浪漫，離開恰布隆村落，循著一道道轉經輪、幡旗，開始進入某種內在淨化儀式。

似乎那段時間對著自己的人生說：「**讓我暫時作別你眼裡的山明水秀吧！獨自走走，哪怕跋涉。**」（節錄：《當你途經我的盛放》）

於是一直走、一直走、一直走，看到了許多顏色、轉動了許多經輪，就像書中寫的：「**我多麼想慢慢地去穿越，那個人生，那趟旅程，但那由不得我，旅程隨時會在某一個拐角戛然而止，就像到了點的加德滿都，那麼我希望，所有與我相遇的人們，既然來不及愛也來不及恨，但願我能來得及給予你們小小的祝福；祝福你們平安、喜樂、吉祥！**」

而今天的我，只想跑上去！在斑斕色彩中疾行至南崎。相較一路疾行的我，行經村落轉經輪、寺廟、幡室時，尼瑪依舊會虔誠地去轉動它，或是進去祈禱、合手膜拜，進行完整祈福。疾行過程中，後來尼瑪不知不覺也跑起來。我三不五時就會問尼瑪目前海拔坡度的變化狀態，以及這段路的表現：「我會『太慢』嗎？尼瑪？」

「不會！很快、很快！」接著便開玩笑調侃，然後相覷大笑，因為去年尼瑪總是看著我與慧萍說：「太慢了，實在『太慢』。」

想念與慧萍走在這段路上，當時的我身心極度破碎，每到定點民宿就是一頭塞進床上放空，跟她在一塊兒我無須顧慮太多。

在我眼中慧萍是一位超級閒散冒險王，我是女漢子的話，她則是坐擁名車的黑幫老大，每到房間把門打開她總是豪氣地說：「妳想睡哪張床？先選！」跟她什麼都可以玩，從頭搞笑到尾；就算有時喜馬拉雅山外環道的連峰綿綿我們都爬到想哭。

今天往上爬行過程跑了好幾段。以前沒看過尼瑪上坡跑山，我發現他跑山時接觸地面的方式很不同，腿抬得特別高，這對我而言很費力。我十分好奇為什麼這樣跑不累？難道因為他是「雪巴」？

雪巴意涵是「來自東方的人」。（蘇芬後來告訴我：雪巴人名字最後的「Sherpa」是雪巴人的姓，就像漢人以地名姓氏落款的「張家村」「李家莊」。雪巴族人原居西藏，距今五百年前因為經濟戰亂因素從聖母峰下的北面隘口南移，循著水源定居山間，沿襲藏人的生活習俗在尼泊爾高山上獨具一格地形成

想念與慧萍結伴。

「Sherpa」村落，也因此「Sherpa」雪巴意涵是「來自東方的人」。）

我曾覺得奇怪，他們的名字都好像，每個人的名字最後一個字都是雪巴。後來才發現雪巴人的名字只有七種，就是星期一到星期天。（雪巴的星期與對應守護的力量：星期日（Nigma）對應的力量是太陽／星期一（Dawa）對應的力量是月亮／星期二（Mingma）對應的力量是火星／星期三（Lhakpa）對應的力量是水星／星期四（Phurba）對應的力量是木星／星期五（Pasang）對應的力量是金星／星期六（Pemba）對應的力量是土星）

傳說中雪巴人用出生那天來命名，讓小孩接受自然能量的保護可以平安長大。所以每當

往南崎的路。

過程中一直思考整場賽事並無交管，要如何在動物之間行進。

呼喚名字，無形之中也呼喚了這個守護能量，使這個保護力量更強大。根據文獻研究，因長期生活於空氣稀薄的高山地區，雪巴人的血壓很低以確保大腦供血充足，並發展出巨大肺活量。因此他們能夠在含氧稀薄的環境下生存，甚至不需要帶氧氣瓶也能夠攀登聖母峰。

這一路少了浪漫情懷與初相見的驚喜，我不再是「行者」，我是「跑者」！我只想用最快的速度見到南崎。以前見到牛驢，會靜靜地站在山巒間岩壁，聽著悅耳的鈴鐺咚咚聲，悠閒讓路過去；今天看到時想的是：「怎麼又來一群？要想辦法穿越！」

跑在這條路上，我並沒感到海拔升揚所導致的身體不適或者呼吸過喘，尼瑪對我的狀態也感到驚喜，我心想這幾天待在山上真是有幫助！希望這樣的景況可以維持。跑著、走著，眼前出現那座熟悉的水池，與正在新興建造的工程。「呼！南崎到了！」

一到南崎，立刻回頭問：「花了多久時間？」

尼瑪：「七小時，包括休息時間！」

我：「我們休息的民宿？」只看到尼瑪往上頭一指，「天啊！還要爬！」站在南崎入口，還要繼續一路爬升到村落高處才會抵達今天的休息民宿，而我的腳似乎在踏進南崎瞬間就軟掉。但只能認分，繼續不情願地一路向上爬。直到抵達民宿後，疲憊的我打開房門，眼睛立刻被震懾：「哇！兩、大、張、床！還有自己的獨立衛浴設備！」雖然山上水量過小、溫度太低，所以我不會洗澡、洗頭，去冒感染風寒的危險，但在寒冷的夜裡不需要走出房外使用廁所、刷牙、擦臉，真是太幸福了！

當下感覺這裡好像是美式足球冠軍隊伍的貴賓休息室，心想：「尼瑪真是給我選手級的照顧！」更令人欣喜的是這個房間有Wi-Fi，也有電源插座，我不用跑到老遠的地方報平安或找電源充電。在南崎巴札預計停留兩天，便把包包的東西拿出來，再度重新計算物資，依據每天要訓練的海拔，思考衣物要如何換搭處理。策略是每天往上跑，再回到較低海拔處休息，隔日持續爬升地一路推進。

我現在終於邁入賽道區域，南崎是這場賽事的終點村落，約位於海拔三千五百公尺；安泰迪告訴我。過南崎之後不要吃肉，頂多是鮪魚罐頭，所以從今日開始，我幾乎要變成一位素食者，不知道是否可以適應？

南崎巴札到了！

HOTEL NORLING

喜馬拉雅山著名的吊橋。

第一年走外環道時，
似乎告別南崎、
也就告別了文明。

3	1
4	
5	2

1 吊橋場景也曾在電影《聖母峰》出現，是前進聖母峰的重要標誌。

2 二〇一六年的南崎巴札。

3-4 二〇一七年變動中的南崎巴札。

5 南崎巴札海拔三千四百五十公尺，為聖母峰馬拉松的終點站。

4 2 1 1-2 南崎巴札風貌。

3 3 南崎巴札的村落全景（二〇一六年）。

靠近南崎巴札附近的紀念公園，
紀念碑是第一位登上聖母峰的雪巴人丹增・諾蓋，
而紀念碑正後方，位於此處對面的雪白山頭
便是聖母峰（標高八八四八公尺），
聖母峰基地營便在此區。
聖母峰馬拉松的選手們需一路上行至聖母峰基地，
開賽當日再跑回南崎巴札。

5月17日

南崎巴札(Namche Bazaar)

海拔: **3450** 公尺

折返訓練

14 KM 完成

孟古拉(Mongla)

海拔: **4100** 公尺

試跑全程「最低」區段，海拔三千五百公尺

今天一早來到聖母峰馬拉松賽事終點站。

我準備從賽事終點站出發，試跑前七公里賽道。

這個終點站位在海拔三千五百四十公尺，靠近國家公園入口處的廣場，從民宿還需往上爬行二十分鐘才會到達。開始出發後沒多久就覺得有些喘，但比去年狀況好很多，因為我記得去年光是走這段石階，我跟慧萍就停了好幾次，站在原處喘著休息。但這次我可以不休息地爬上去，還跟尼瑪討論記號該怎麼做。

「尼瑪，我身上有帶兩卷環保膠帶，一卷藍的，一卷黃的。要麻煩你幫我做記號，因為我怕迷路。」

「好，但其實如果我們這幾天練習，整個跑過一次，妳應該會認得賽道？不用記太多？」

「不不不，尼瑪，我是路痴！」我跟他解釋同一條路，通常需要重複三次我才會記得，尼瑪

不太明白地望著我，他不太瞭解為何我想做記號。他應該是無法理解一位路痴要在喜馬拉雅山跑山的危險性？不對，他應該不明白什麼是路痴?!

在都市文明生活中，許多時間我是跟著Google Map地圖上的藍點移動抵達目的地。於是我近乎渴求地再三告知：「一定要在每個大轉折處貼上記號。」而且貼完後，我再依循比賽方向，從對面試跑回來以確保看見標示。

持續往前，我們進入十分隱蔽的高山森林小徑，小徑通道幾乎只能讓一個人徒手經過，同時我們需避開旁邊植物堅韌的芽刺。這條小徑是一個陡坡，有些地方坍方，石塊四落難以辨識路徑。

我說：「尼瑪，這裡好危險，到時候那麼多人同時進入賽道，這要怎麼跑？」

尼瑪皺著眉頭笑笑說：「就小心點！要很注意。」

很快地小徑接回主幹道，我再度跑起來。跑了四公里後海拔爬升到四千，發現自己開始喘，臉頰與手指的前緣發麻。我刻意讓自己沒穿太多衣物，要讓身體適應溫度，手機顯示體感是負二度，但我沒感覺特別冷。這段賽道是全程賽事「最低」區段，剛剛這四公里讓我理解身體的下一個關卡是四千，我必須讓自己在海拔四千可以跑起來。路上遇到一行上槍的尼泊爾軍人正在行軍，不知道這群軍人中有沒有參賽的？好奇的我過去打招呼，他們也主動開心地與我拍照。（過去男子組成績第一名的成績約三個半小時，聽聞有好幾年都是駐紮在當地的尼泊爾軍人奪得。二〇一六年女子組成績第一名的則是六個多小時，出名的當地人「馬拉松大姊」已經連續獲得七年冠軍。）

聽聞有好幾年聖母峰馬拉松都是駐紮在當地的尼泊爾軍人奪冠。

回頭駐足看跑過的路徑。

聖母峰馬拉松靠南崎巴札的賽道。

路痴大作戰

今天練習賽道從海拔三千五百一路上升到四千二、再下降到海拔四千一的孟古拉。孟古拉這座奇特小村處處有高聳土墩、石堆，原來那是「瑪尼石堆」，當地村民告訴我其中最高的一座已有千年歷史。

瑪尼石堆的藏語稱「土邦」，傳說中最早的一顆是唐僧取經回來時投入通天河的曬經石。在山上的人認為石頭是有生命靈性的，每逢好日子人們會進行煨桑儀式，接著拿起石頭，神聖地用額頭碰觸它，口中默誦祈禱詞，將石頭放在瑪尼堆，再繞著它順時針走三圈，祈求上天保佑。現在終於瞭解為什麼芙蒂總是要帶著我跑三圈。

在孟古拉我們並沒有休息太久就再度折返。返回南崎路上我跟尼瑪說：「我先跑，你慢慢走，我們用對講機聯絡！」

尼瑪說：「好！」

我說：「這個對講機……你知道怎麼用嗎？」

尼瑪訝異地看著我笑出來，「妳知道我參加過很多次探險活動吧？探險隊常用這個東西。」

我不禁笑出來，覺得自己呆，但心中的不安全感讓我依舊堅持。「不管！我們先試試！我要先確定有聲音可以通話。」

尼瑪笑著把對講機打開測試，測試完畢，我才放心地朝南崎方向跑回去。開始跑沒多久，我就聽到對講機傳來：「陸，妳跑錯了！妳要朝右邊、右邊！」我聽著尼瑪指示，立刻朝右。

「不！不！不！」尼瑪急迫的聲音混著對講機雜訊再次響起。

「不是這個右？」我看到腳邊有另一條類似路徑痕跡，於是再改道。

「不！！！！」尼瑪喘吁吁的聲音揚起。於是我在原地停下，回頭往上看，尼瑪正從高原邊的山頭加快腳步朝我跑來。

「我有朝右啊！」

「妳不能斜斜地朝右，要直接往上！」尼瑪在滿布石堆中的山坡指著一條小徑，「妳要往那邊跑！」

我心想：「天啊！這要怎麼判斷！」我指著地上石堆中隱約的路跡說：「這邊不是也有路？」

尼瑪說：「這是通往另一個村的，妳往那邊會大迷路！回不來。」

我笑笑地看著他：「所以現在瞭解早上跟你說的了吧！我是大、路、痴！」尼瑪無奈地看著我。

「所以現在這條小徑上去後是不是接到森林那邊？森林後面我就應該不會跑丟？」

尼瑪說：「對！」

我是一位素到不能再素的素人跑者

上坡後進入到森林，我循著記號一路跑回南崎，沒遇到太多困難。回到南崎，我開玩笑地跟尼瑪說：「森林那邊真的很誇張，而且賽道許多地方很窄，有些危險，真的沒人掛掉過？」他對我笑著，用低沉的聲音說：「是沒有，但也快接近了。」原本以為這是開玩笑，後來才知道不是──結果剛聊完，尼瑪接到電話通知：「主辦單位要改賽道！」原因是森林那段路太危險。

想到一路上邊跑邊留記號，好像童話故事中丟著麵包屑記憶回家的路，結果聽到消息，我嘆氣跟尼瑪搖頭，「記號要重做了。」但想想也好，森林那段路風險真的有點高。看著行程表，思考海拔四千這件事。「尼瑪，明天我們停留的點在海拔三千九，有可能再往上嗎？往海拔四千以上的村落駐紮？因為我覺得自己需要適應海拔四千以上的高度。」

尼瑪說：「可以的，那就要直接到潘布恰（Pangboche），那裡民宿駐紮的標高是四千一。」於是決定改變行程，明日停留據點上升到四千一百公尺，後天繼續從四千一往上練習跑。

目前還沒吃單木斯（單木斯為預防高山症用藥），腿部肌肉也沒有痠痛狀態，唯有左邊膝蓋與雙肩略有不舒服。雙邊膝蓋已經用Power Max進行防護，今天試下來，這款肌肉防護貼布沒有低溫脫落與過敏狀態，效果還不錯，左膝不痛了。

昨天抵達村落發現到處大興土木，南崎正在更急速地「文明」，不像去年般的靜謐。我跟尼瑪說：「感覺變好多，這裡變化比加德滿都快速。」

南崎是特別的地方。

若是上行，告別南崎，也就是告別了文明；若是下行，看見南崎，你會知道快回家了。我私心希望南崎可以維持她清麗模樣，不須裝點太多濃妝，好讓我每次看到她有如見到故人般的美好純淨。

昨晚做夢沒睡好，開始有點想家。

去年剛到這裡的第一晚身體也不適應，覺得難以入睡便把窗打開。窗外藍夜的月光就這樣灑進來，好像一層薄薄的銀粉輕落在睡袋，月光下我再度閉上眼，不禁思念起生命中曾失落的面孔，開始在腦中一一告別。

想著再度回到南崎，生活起落也如南崎村落面貌改變。

這次參賽前曾想用拍片方式去談贊助以節省開支，另外是去年我已走過喜馬拉雅環道，覺得這裡的風景地貌特殊動人，想帶團隊把這段參賽歷程記錄下來，但過程演變複雜，我既要參賽又要居中協調，這影響了心情、訓練。後來只想安靜出發好好比賽，唯一的目標是安全完賽、平安回家。但意外地在出發前，參賽訊息被傳布出去而引起媒體關注。

我不是運動員，我只是一位素到不能再素的「素人」跑者，現在這場挑戰除了自己身體負荷外，似乎又多了精神壓力。我開玩笑地跟雪霸說：「我不知道可不可以跑完，但現在好像不得不跑完了。」

被關注後的好處是「跑步」這件事終於獲得家中長輩支持，經由報導他們終於「稍微」理解我在跑什麼。

雲貼在賽道旁。

靠近賽事終點南崎巴札的賽道。

今日折返點孟古拉村落，身旁便是千年瑪尼石堆。

5月18日

南崎巴札（Namche Bazaar）

海拔：**3450** 公尺

16.36 KM

潘布恰（Pangboche）

海拔：**4100** 公尺

穩住！但光是「穩」就非常不容易

簡短記錄過去六天的移地訓練與海拔適應。

五月十三日：距離四公里，體感慢跑，海拔二千七百公尺，路面適應。

五月十四日：距離九公里，體感慢跑，海拔二千七百公尺，路面適應。

五月十五日：距離十公里，節奏跑，海拔二千七百公尺，速度維持。

五月十六日：距離二十二公里，跑、疾行，目標：海拔區間二千七百公尺到三千四百公尺的升降與地形練習。

五月十七日：距離十五公里，緩跑，目標：測試賽道海拔三千四百公尺到四千一百公尺區間陡升陡降，地形練習。

五月十八日：距離十七公里，健行，目標：記錄前十三公里賽道，到達潘布恰，準備開始適應海拔區間三千九百五十八公尺到四千四百公尺。

從第四天開始訓練時間：強度較大的四小時內結束（含中間休息時間）；強度中等的約在七

小時結束。

一場越野賽，從氣候包含溫度變化、濕度大小、海拔高低，到地理環境的組成，包含坡度狀態、總體距離（非直線距離）與總爬升，都會影響選手體能表現與策略決定。這幾天主要觀察的是呼吸、心肺、高度、地面環境、與速度關係。「超高海拔」越野路徑的難度不只是氧氣缺乏，過程中地形不可控因素太多。

面對多變地形，我在出發前除了基本有氧跑、各式山訓、越野準備外，平時也增加模擬高海拔低氧訓練，學習芭蕾瑜伽去刺激大腿肌肉內側、與增加核心力量，運用空中瑜伽訓練不同肌群，在家裡也會進行徒手肌力訓練。

今天接近潘布恰村落時有一段高難度賽道，那段賽道從山徑瞬間轉成崖壁，只剩凸出的岩石可讓「單」腳站立、卻難以讓身體移動；因為中間有塊凸出的岩石正好卡在胸口位置。但如果跨得過去，兩大跨步就可再接回山徑，這樣至少節省十五分鐘路程；否則只能折返往上爬，繞道遠路再接回賽道。

我毫不猶豫地請尼瑪示範如何通過，在這塊海拔四千一百公尺的崖壁重複練習三次後，我告訴他：「就這樣做吧！開賽時會選擇這條路！」當下感覺過去半年進行的複合式訓練發揮巨大功能，至少這條路為我省了十五分鐘！

翻山越嶺地跑，不停上上下下，今天練習的這段路程還不到賽道三分之一，處於整場賽事海拔較低區段，但光這段賽道的爬升就讓我從短褲短袖，換到防風雨褲跟長袖風衣，實在難以想像持續往上該穿什麼跑？整場賽事所經歷的溫差會多大？今天聖母峰露出雪白的臉照映在天際，陽光灑遍整片山脈，路上陸續遇到不同國家的參賽選手，其中一位是去年男子組第五名，他是當地人，神氣地告訴我今年一定要進入前四名。

戴著低氧面罩跑風櫃嘴訓練時遇到戈十鹹蛋隊長俊傑（左）與本次聖母峰賽事大力協助我的立中（右）。

空瑜訓練。

基地營的衛生條件艱困。

我只祈求心肺穩住、不要拐到、不要受傷、不要食物中毒、不要吃到髒東西;我對這場的目標是「穩」,穩穩地完成它!但光是「穩」就不容易,譬如在基地營三天,「水」如何帶?營地的衛生條件很差,水與食物容易汙染,身為「選手」,沒有條件生病,我要如何避免感染?

信念激發選手魂

關於「選手」的知覺，應該是從戈壁開始。

對於一個十八歲後就沒踏上過操場的人，我對選手有許多想像。初半馬上凸台後發現自己可以跑，於是繼續回跑團開始接受較資深的學長姊指導，在一波波海選中正式入選成為戈壁Ａ隊「選手」。

當時的戈壁隊伍分成：Ａ隊是競賽選手團，Ｂ隊是全程體驗團，Ｃ隊是親友加油團。賽制內的獎項有Ａ隊的「團隊競賽獎」、全員完賽的「沙克爾頓獎」「最佳風範獎」，以及影像獎項。

若以區域劃分參賽隊伍，大陸商學院人才深厚又有地主優勢，尤其這些年舉辦下來競爭越來越激烈，許多名列前茅學校的選手都是苦練兩、三年才得以進入競賽組Ａ隊。對岸由裡到外的堅實戰力，在我們自己分析中戈十這屆是無法超越的，也就是Ａ隊最大榮耀的「團隊競賽獎」我們未出戰就已不可得。

那還要跑嗎？

戈壁。

當時台灣出賽的隊伍並不多，戈壁第五屆台大ＥＭＢＡ是第一個從台灣出賽的隊伍，到第八屆政大正式參賽成為第二支隊伍，到第十屆台灣出賽的ＥＭＢＡ隊伍分別是台大、政大、中山、東海。

因此台灣院校大部分會設定的目標為：全員完賽的「沙克爾頓獎」「最佳風範獎」，至於Ａ隊的「團隊競賽獎」則是爭取「台灣第一」，成為台灣最快的勁旅。

雖然「台灣第一」並非在戈壁賽制內，跑到了也不會有獎盃。

但這個目標卻是激勵所有Ａ隊

隊員提升自己能力，與陪伴隊伍奮鬥半年的無形桂冠，這個信念激發了「選手」魂。於是八個月前才開始運動的我，從愉悅的騎車休閒挑戰模式，轉換到目標練跑爭取戈壁團隊榮耀。

入選是責任的開始，我告訴自己從入選那刻身體與時間已不再是個人，而是屬於團隊。有次腳趾頭踢到椅子，當下反應是：「天啊！不能受傷，我是公有資產！」尤其戈壁賽制中，女選手有減時功能。我當時想著：訓練自己的意志體能到一定程度，萬一有突發狀況要有能力獨力完成，不拖累團隊，徹底發揮女選手價值。

但這要怎麼做到？

戈十訓練過程我只知道「跑」，不停地從海選過程中拚速度。至於要怎麼跑？現在回想在那時知道的並不多？身體對應地形、氣溫與生理狀態的調節並無概念。

那時候為瞭解賽道，我看了玄奘之路影片，試圖從中得到一些賽道資訊，同時想在出發前讓自己感受得更多。影片畫面中玄奘抱著「去偽經，求真經，不至天竺，終不東歸一步！」的信念。令人驚訝的是當年玄奘是偷渡出去的！原來初唐時期邊界不穩定，不允許老百姓出境。玄奘多次申請「通行證」，懇盼西行求法都未獲唐太宗批准。終於在貞觀三年長安大災，政府允許百姓自尋出路，玄奘找到機會，他混入災民中偷渡出關。

玄奘是反骨的，在那個年代為了內心真實信念，並沒有選擇遵循法制。根據當時規定，私渡邊關的懲罰很重，所以玄奘這個決定非常危險。就這樣，玄奘踏上前方未知路，在漫漫黃沙中踽踽獨行。過程中他忍耐飢餓，身上沒有水袋、越野鞋、任何現代化裝備，就一個人篳路襤褸地橫越沙漠，在溫差極大之下穿越雪頂風暴經歷九死一生。玄奘，從沒回頭！

看了片子沒得到太多賽道資訊，卻幫助我的「心」更堅定了些。玄奘當年毫無先進設備，也無大會定點補給與其他安全措施，因此這段賽道再怎麼困難，也比不上玄奘千年前遇到的險惡，不是嗎？

然而面對團隊賽事依舊緊張、忐忑不安的我，出發前又買了另一雙越野鞋，尺寸整整比原本的戰靴大一號半，材質也完全不同。然後回家坐在地板模擬想像：「黑暗帳篷內開著頭燈，睡覺前我會需要哪些東西？每天要做哪些事？做哪些動作為隔日開賽進行準備？」於是便把每日的必需品、藥品、衣物，隔成一袋袋編號裝好，打開馱袋我便可用最快速便捷的方式「取件」。後來去喜馬拉雅山也是用同樣方式打包。

整理行李方式。

面對任何挑戰，除了心態，「準備」也非常重要

上戈壁，第一天體驗日三十公里的跑、走後，我發現腳在高達攝氏四十多度的地表溫度下已經呈現腫脹，回到營地在小帳內擦拭身體，立刻拿出隔天競賽日要穿的襪子再試穿戰靴：「天啊！腳已經腫了。」我需要很費力才可以把腳擠進去。

心想：「是否還應該穿這雙鞋出戰？」接著把新的越野鞋從馱袋中拿出來試穿，發現正合腳！於是冒險捨棄在賽前設定的戰靴，決定換穿新鞋。

接著是月事，明明算好日子也去醫院拿藥調整日期，但換衣時才發現剛剛肚子悶痛是因為「它」來了。帳外戈壁六至七級的大風呼呼吹，空氣中都是沙，氣溫直線飆高，我想著衛生問題與競賽狀態，決定就直接讓它解放，跑回來再擦身體。

戈壁帳篷內的雙腳，其實大部分的傷早在訓練時就存在，跑戈壁只是雙腳發腫有點小水疱。

第一天競賽日，我心情興奮地站在起跑線前，雖然前晚營帳區吵雜聲響讓淺眠的我只睡四個多小時。空氣中炙熱的荷爾蒙，耳朵旁揚起轟鳴的歌聲與戰鼓，我可以感覺腎上腺素正大量分泌

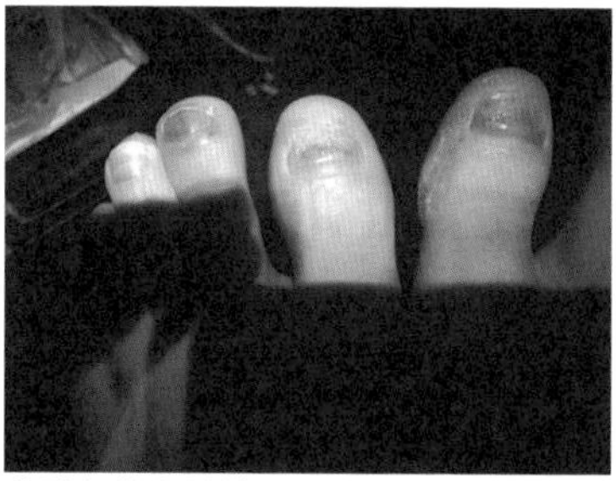

戈壁帳篷內的雙腳，其實大部分的傷早在訓練時就存在， 跑戈壁只是雙腳發腫有點小水疱。

中。去年台政大拿到第十二名，因此會在早上八點十二分出發。

隊伍分成A1隊箭頭三男（鹹蛋隊長、S帥、馬克）當前鋒，A2隊憲哥、巴斯、斌哥三個男隊員負責拖拉另兩位女隊員小百合、Vivi，加上我與小紗共四女三男。

起跑後A1隊大約用五分四十秒配速在跑，A2隊在斌哥控速下用六分四十秒配速穩定前進；計畫是女生扣除減時超過男生成績，當日以前鋒男生成績作為比賽成績。

出發過了不久，對講機響起沙沙急促的聲音，似乎是前方（A1隊）出現了狀況，當下心揪了一下，持續專注往前跑。接著同隊的小百合開始身體不適，負責拖拉的憲哥要A2隊定速往前，他降速在後面拖拉小百合。但過沒多久，後方憲哥急迫的聲音從對講機揚起，要求斌哥支援！還未過補給點卻狀況頻傳，心裡的不安也隨著賽道溫度陡然上升，那段短短時間A2隊伍隨著男將自主性地前後調動，從原來的七人隊伍只剩三名女將。

眼前太陽蒸烤著大地，氤氳的蒸氣在晃動，公路地面黑色瀝青閃著白色光芒，我強忍住內心的焦急持續向前。大概是在山谷吧？台大A2隊女將穩定刷過身旁，被刷的瞬間眼淚奪眶而出，不到一分鐘蒸散於超過三十三度的空氣，只遺留埋在臉龐布巾下的鹽粒。

「好想贏啊！到底發生了什麼事？要怎麼追回來？隊友還安全嗎？」

身旁隊友小紗試著緩和緊張情緒，要我看風景。我完全沒心思，心想：「就專注跑完！可以做的事就是跑。」記憶從此

三天競賽日的前兩天，我與小紗都是一起跑、一起衝線！（photo by：曹克銘）

刻開始模糊，就是一直跑，一直跑，最後畫面停留在我們牽手跨過第一天競賽日的終點線。

戈壁特殊經歷讓我理解，面對任何挑戰，最重要的是心態，其次是準備。對於花費數月準備目標賽事有了經驗，同時明白越野與一般路跑的不同。另外，完成喜馬拉雅外環道健行、與冰攀島峰，讓我知道身體在高海拔狀態，與心智面對險惡環境的反應。

經歷戈壁、喜馬拉雅山，才勇於燃起挑戰「聖母峰馬拉松」的心。

我不是專業運動員，但相信自己具備選手的心理素質。因為就算在過程中遇到挫折、困難，有時會失去信心，但面對目標從不失去「信念」，面對越強的對手或越困難的環境，更是激發鬥志。我喜愛的墨西哥藝術家芙烈達．卡蘿一生歷經超過三十五次手術，破碎的身體在手術中縫補再縫補，但不管是面對身體缺陷或愛情苦難，她把人生過得比許多人都精采。她曾說：「一天結束之際，會發現我們可以承受的遠超過內心所想像。」所以破碎如她都可穿上華服，用上最鮮豔的色彩去揮灑烈愛，從痛苦中淬鍊出生命力，我們有什麼理由不去奔馳，用盡力氣大喊著「生命萬歲」?!

呼吸著不代表活著，我要努力活著！

戈壁讓我對於
花費數月準備目標賽事
有了經驗。

（photo by：曹克銘）

5月19日

潘布恰（Pangboche）

海拔：4100公尺

往上折返 12 KM

訓練完成

專業的設備之必要

今天摔了。

幸運的是華碩ZenFone就擋在水袋前側，讓肺不至於直接撞擊。目前這支手機隨著我已爬升到海拔四千三百二十五公尺的高度，但它的電池並沒有因為在高海拔而消耗得特別快。ZenFone的表現讓人驚豔，整體狀態穩定，沒有低溫當機，直到今日摔了，還好有同款備用機，讓我可以持續在高空記錄影像。

同時也謝謝過去的訓練，幫助我摔得不嚴重，只有左手稍許挫傷。我告訴尼瑪，今天摔算幸運的。這種地形路面，練跑又要認路，不摔真是奇蹟。

今天下坡跑的過程中，腳前端絆到路間細枝，左側會落山，右側是尖銳的岩壁，前側是大小不一的岩石，擺在眼前的選擇性不多。

摔的瞬間，我本能想到羅伯（Rob Scoggins）教授，他是我在美國念研究所時，鼓勵我學現代舞的舞蹈老師。那當下最好的選擇就是往前，但不可以用手直接去支撐，因為力道太大，手肘和肩膀可能會斷掉。另外，頭要保護著。在短短的判斷過程中，那瞬間幾秒……我看見羅伯示範空中旋轉的舞姿：右肩順著手平甩出去，左手環住胸前，將往下的衝力運用核心旋轉融入地板動作。只不過我眼前的地板完全不平，而且堅、硬、無、比！

最後，謝謝雨褲。

過去幾天穿短跑褲練習，刻意想讓身體適應低溫體感，因為比賽時不想背太多衣服在身上替換；但今天，除了氣溫降至冰點、風也好強，所以我穿上了長袖雨褲，到達定點折返往下跑時，也沒想要把雨褲脫掉。否則，就算我會摔，那種路面還是免不了擦傷。然而在這裡，開放性傷口容易感染很難處理。謝謝心愛的Morr雨褲，讓我毫髮無傷，褲子摔完也沒破。

2 1
3
4

1 謝謝守護我的ZenFone。

2 雨褲徹底發揮保護功能。

3 蜿蜒、崎嶇的賽道。

4 路面有太多的細枝。

面對壓力，需要的只是專注練習

今日十二公里訓練，我們依舊一路用布膠做記號。

尼瑪說：「這邊的人經過會把它撕下來。」因此許多路段重複做了好幾張。另一個原因是視野太廣闊，跑的當下眼睛難以辨認，多做幾張比較好辨認，所以每做完記號我就會繞到前頭兩百公尺，再跑回來確認是否看得到。

經過兩天賽道實地的練習，尼瑪開始對我辨識方位的能力不放心。我想，尼瑪到現在才開始理解路痴的定義是什麼，這是他沒遇過的狀態。對於住在山上的人，他們太熟悉喜馬拉雅山，熟悉這片天空，熟悉空氣中飄動的氣味，他們血液中的地圖是星空、太陽、山林與溪谷，跟我們不同。

身為嚮導的尼瑪，從未面臨會有客戶離開視野無法控制的時候。他今天真的非常專注在做記號，做到十分入神地進到一處灌木叢貼記號時，突然樹枝後頭出現一隻牛，嘴裡嚼著葉子探出頭，眼睛瞪著尼瑪，似乎看著尼瑪說：「你在幹嘛?!」尼瑪驚訝地與牛相望，彼此都嚇到。我笑著跟尼瑪說：「還好牠是一隻乳牛，不是氂牛。」（氂牛體型比乳牛大得多，有時具攻擊性。）

過程許多路段「健行」時無感，但若要「跑」？壓力好大。這種壓力無形中像薄薄一張紙，每張日日堆疊在心口逐漸讓我感到挫折，但看到當地人扛著兩桶瓦斯平靜地經過，心口那堆紙就好像「咻」地一下子被風吹開、吹融了——挫折感瞬間消除，想著：「我只是需要練習啊！現在已經在喜馬拉雅山，給多一點時間，也許哪天我也可以扛兩桶瓦斯，平靜地走在這條路上呢！」

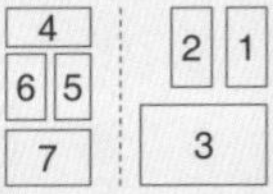

1-2 記號。

3 扛著瓦斯的當地人。

4 嚼著葉子探出頭瞪尼瑪的牛。

5 已完成一半賽道測試。

6 今天，我們是從最前面的山頭過來的，這樣才六公里。

7 前面方向哪條才是標準路徑呢？

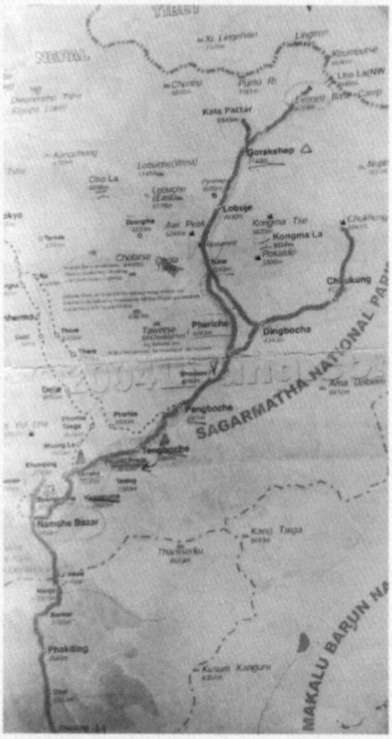
NEPAL
Kala Pattar
Gorakshep
Cho La
Lobuje
Kongma La
Pokalde
Chukung
Pheriche
Dingboche
SAGARMATHA NATIONAL PARK
Pangboche
Tengboche
Namche Bazar
Kang Taiga
Phakding
MAKALU BARUN NA

今天的奇蹟

經歷白天摔跤、賽道練習，回到民宿後我放鬆地待在飯廳喝茶休憩，欣賞窗外潘布恰風貌。今天是我在潘布恰停留的第二天，潘布恰是一座美麗的田園小村落。如果南崎是告別文明的起始點，那潘布恰就是告別人跡的起始處。據說它是雪巴族匯聚歷史最悠久的其中一個村落。

突然尼瑪走進飯廳問：「要不要出去走走？」窗外遠遠的阿瑪達布拉山岳（Ama Dablam）若隱若現，外頭正曬著初臨的陽光，我點了頭、拿了包就跟他走。（阿瑪達布拉是攀爬技術難度很高的一座山，海拔高度六千八百五十六公尺，山形十分美麗。）

健行到村莊的制高點，我們順著邊坡回到村裡走進一個窄弄。突然間，眼前出現一頭非常漂亮的白色犛牛，前面有著側分劉海，頸部毛髮柔順飛揚，像是一條高貴的喀什米爾圍巾；牠，正自由自在地「飛、奔、衝、向、前、方」！而我與尼瑪在這條石牆窄弄的階梯上，無處可跑。我以為西班牙才有「奔牛節」，沒想到在喜馬拉雅山上竟然有更大隻的犛牛在狂奔?!瞬間，我毫不思索地跳上旁邊半公尺高、搖搖欲墜的石牆，我可以感覺尼瑪站在地上從身後緊貼環住我，不讓我摔到另一側約兩公尺深的土邊。我緊閉雙眼聽著牛奔過的聲音，短的時間都不敢睜開眼睛，因為好怕尼瑪背部被牛撞到受傷，但我可以從他手支撐的力量知道：「尼瑪毫髮無傷。」

從石牆跳下後，我蹦跳興奮地驚呼著：「你怎麼辦到的！你怎麼辦到的?!」尼瑪笑著說：「我就這樣啊！」~他做了一個踮腳仰腰的動作，然後我們兩個相視著哈哈大笑！

回來後心想，今天真幸運，早上尼瑪跟乳牛大眼瞪小眼，牛沒受驚嚇地衝撲上來。我回程練跑飛摔出去滾了一圈，卻沒摔出山邊。下午與尼瑪一起經歷喜馬拉雅奔牛節，閃了瘋狂犛牛爆衝。這座山，讓人不預期的事好多，更凸顯生命何其脆弱，何其美麗！

AND
FRESH
COFFEE
TREKKER'S HOLLIDA

遇見犛牛暴衝的地方，犛牛很大隻，瞬間沒地方躲，只能跳上左側石牆，但石牆外是深兩公尺的土邊。

5月20日

潘布恰(Pangboche)

海拔：3900 公尺

圖卡拉(Thukla)

海拔：4620 公尺

「海拔」只是這個賽事的基礎挑戰

今天由潘布恰村落海拔三千九百公尺的地方，移動至圖卡拉海拔四千六百二十公尺。由潘布恰跑到圖卡拉賽道路程記載約為七公里，實測結果為十一點二五公里。

中午吃飯時候尼瑪問我：「身體感覺如何？」我大笑說：「我早餐吃得比你多，中餐吃得比你多，完全沒高山反應。如果有的話，胃口會不好！」（這是我從小鬍子教練那兒學的。）

目前策略是：往高海拔移動，駐紮過程中探勘賽道，適應地感。隔日直接再往更高海拔練跑，然後折返至原海拔處休息。這樣的策略似乎有用，我目前只吃了一顆單木斯，身體除了蕁痲疹偶發，開始有點乾咳外，並無不適。

今日往前推進途中，行經昨日練跑迷路三次的地方。

尼瑪說：「妳怎會往那邊跑呢？再二百公尺就跳山了！」

「我原本方向感就不好，需要靠物件、色彩記憶。所以這一大片曠野山林我只認得它（指了遠方鐵線綠色屋頂），我當然就盯住它採直線距離跑。」

尼瑪憂心地笑著搖搖頭，因為……我又迷路了。

探路時我盯著路面，時跑、時走。看著錶上心率數字，觀察身體反應，記憶方位，突然意識到一件事：這是「超高」海拔的「越野」超級馬拉松。出發前，我覺得最大的挑戰是「海拔」，但現在發現「海拔」只是這個賽事的基礎挑戰。

在這個海拔基礎，就算跑得起來，但如何在整場賽事坡度升降中與艱困環境下，維持步頻、心率、保持高度專注，隨時判斷方位與面臨無預警變化？尤其當專注跑到空氣中只剩喘息的呼吸與腳步踏在石塊的窸窣聲，身體逐漸缺氧，於薄霧中穿越山谷，腦袋緊記著目標是出山谷後，要持續穿越高原，跑上另一個山頭。就這樣跑著、跑著，跑出山谷後突然間眼前浮現整片濃霧……站在四千公尺濃霧密布的遼闊高原，環顧四周龐大的喜馬拉雅山群，我要往哪兒跑？要如何決定方向？

環顧山群，
人變得好渺小，
要往哪裡跑？

怕死更怕醜

其實我會害怕，越往上、練習越多、越了解狀況，壓力就變得越大。最常出現的內心獨白：「這要怎麼跑啊?!」「天啊！我哪裡來的膽子？」

從冰川路面變化、高低升降溫差到補給負重；另外過了海拔五千呼吸道系統非常容易受傷感染，要如何避免讓狀況惡化？這過程隱含太多細節。因此每天回民宿第一件事就是研究數據、路線，記憶剛剛路程狀態，接著放鬆伸展，思緒隨著安全回到據點，與肌肉一寸寸伸展中，從數字、風景路線的畫面逐漸放空。

放空後，腦袋有時會浮出一些人臉與不屬於這座山的記憶。結束後我會拿出「整理包」與當日「衣物小袋」，取出濕紙巾整理全身，把握有陽光的時候換衣。接著整張臉從精華液、油、面霜、防曬再搽一次，最後把維他命拿出來帶到飯廳吃。這個過程好像有某種神聖性，在海拔四千的高度中，當身體擦拭乾淨、保養完成，心靈好像也來了一場煨桑儀式。

八八四八攻頂之人。

我的心靈煨桑儀式工具。

今天在飯廳遇到一位前天剛從聖母峰八八四八攻頂下來的人，他的臉完全曬傷；而目前我的皮膚與身體都還無恙。去年下山後有許多人覺得很奇怪，為什麼我的臉在經歷高海拔的超強紫外線長期照射後，沒有太黑或是乾癟得失去水分？原因很簡單：除了怕死，我更怕醜。尤其當皮膚科醫生警告我凍傷是不可逆的；這讓平常在山下沒勤做保養的我，到山上反倒是很勤勞地拚命做。記得去年過三千五百公尺時，連動個手指頭搽保養品都感覺累。現在來到四千六百二十公尺，目前我的手指依舊感覺靈活；但相信過了海拔五千後，身體又會開始遲緩。

只有目標，沒有恐懼

傍晚在飯廳遇見一個外國人急急忙忙衝進民宿求救，原來是當地馱夫高山症發作。我隔著窗戶向外看，看見一位瘦小的馱夫虛弱地倚著圍牆不停嘔吐，一群人漸漸聚攏圍著他，在小村落中奔走聯絡鄰里。

黑夜即將覆蓋這片偌大的山，外頭走動的人都像工蟻般的忙碌渺小，過了半小時有兩個人往山下方向把他扛走。看著尼瑪從外頭走進，我驚訝地問：「他要去哪裡？為什麼不進來休息？」

尼瑪：「他需要趕快去更低的地方，不行待在這裡。」

我問：「直升機呢？他已經無法動了。」

尼瑪說：「這邊沒有地方可以停直升機。」

旁邊外國人喃喃自語地說：「我把藥都給他了，他吃了狀況還是很糟。」

我：「你需要藥嗎？我這裡有藥可以分你一些。」

「不用了，我已經要下山，謝謝妳！」

回房躺在床上，看著天花板，心想：「很幸運自己有能力買保險，但就算買了保險，發作也得看天意，發作的地點不見得可叫到直升機啊！所以期盼天助，更要能自助！」嘆了口氣，告訴自己用盡各種方式記憶，記憶方位、路感。要有充足的睡眠，每天心情愉快。要吃得謹慎，每日早餐就是兩顆水煮蛋與吐司，除了鮪魚罐頭，完全不碰肉！

能跨過那座山的，只有目標，沒有恐懼。

最重要的是，我會很、小、心……不帶恐懼的小心！

1
2
3

1 尼瑪凝視前方的綠色小屋，是幫助我記憶方位的標的物。

2 群山間的犛牛。

3 無盡綿延的視野，難以判斷的方向。

土面賽道充斥著細小樹根，
旁邊是斷崖。

聖母峰馬拉松的賽道
樣貌豐富、美麗、
具高度挑戰性！

位於海拔四六一〇公尺的Dughla（又名Thukla）小村落的橋。

PHE

1 跑到後來發現屋頂都是綠色的……

2 陡坡「上」的石礫坡。（不知道這是坡還是山壁？）

3 多變的賽道地面。

5月21日

圖卡拉（Thukla）

海拔：**4620** 公尺

來回 **11** KM

折返練習

羅布恰（Lobuche）

海拔：**4900** 公尺

對於死亡

今天上坡去程花了一小時十五分，下坡回程四十五分鐘。

昨晚睡覺突然有空氣稀薄吸不到氧，難以入睡的感覺，後來問尼瑪才知道晚上氧氣會更低。吸不到氧的感覺是什麼？之前狀況有時頭會痛，四肢發麻。但這次完全沒有這種感覺，只有練跑時指尖與臉皮發麻刺刺的，但也許是山上冷冽的強風吹拂？目前我依然沒有預防性投藥，至今只吃了一顆單木斯。

昨晚吸不到氧，以為海拔爬升已對身體造成影響，但今天上山速度比我想像快，相較回程反而速度慢了。地形與地面的考驗好大，我依舊在練習並嘗試不同下坡跑法。去年行經今天的練習賽道，當時三月冰雪正薄薄覆著大地，我知道有紀念碑到處矗立，但對於基地營與聖母峰的想像驅使我前進，沒在此多做停留。

現在五月冰雪褪去，攤開這座山的故事，在眼前溫柔地訴說：

「二〇一三年六月二十三日，他們和另外七位登山者在攀登巴基斯坦南迦帕爾巴特峰時，遭遇恐怖襲擊遇害身亡。」

「他們擺脫現實的枷鎖，觸及了上帝的臉龐。」

「每場悲劇都會在平凡的人中造就出英雄來。」

「夢想無限，愛無止境。」

然而，死亡對我而言是什麼？
底層，我思索著……

挑戰的動能

記得跑戈壁時，中歐有一位女選手在賽道痙攣中暑，昏迷中被送到瓜州醫院治療，五個小時後醒來，醒來的第一句話是：「我過終點線了嗎?!」聽聞她醒來喊出這句話，我覺得很感動，但，不意外。我相信為一個目標很努力、很努力時，就算倒下去，在乎的不是「別人是否有看見這份努力」，在乎的是「自己是否有完成」。因此她的反應對我而言：是一種信念，可以被理解的信念，就算這個過程靠死亡很近，但這不是有勇無謀。而是充分的努力準備、理解狀態，最後放手一搏的決心。只是有時成功，有時失敗了。

望著這片賽道，以前對於賽事，我想到的是「控制」，參賽者對於自己身體（心率，配速）的控制，賽道環境的控制：過程中要有高度的自律性，以及做足功課。而現在面對這場賽事，我感受的是「相處」：我如何與自己的身體相處？與這個賽道環境相處？

我的越野、山林經驗乏善可陳，擁有的，就是一個要去完成的念頭，所以，就這樣吧！
樹木種子也需要勇氣才能穿破土壤發芽，不是嗎？
默默地閉起雙眼……心想：我要帶著「你」完賽！

這個「你」指的是第一次上戈壁，
身後水袋就別著我與兒子的照片。
這張照片歷經戈壁挑戰賽、
喜馬拉雅大環道等挑戰。
對兒子的愛，
是鼓勵我接受與完成挑戰最大的動能。

5月22日

圖卡拉(Thukla)

海拔：4620 公尺

羅布恰(Lobuche)

海拔：4900 公尺

最後的練習

今天同樣的上坡，距離五點五公里花了五十五分鐘，進步二十分鐘。最後一段了，我即將駐紮羅布恰四天，直到二十六日再移動至高樂雪（Grokbucha）。高樂雪距離基地營約四公里，二十七日正式進入聖母峰基地營的選手村。進入基地營兩天後，二十九日早上，也是人類第一次踏上世界頂端的時刻，聖母峰馬拉松即將於基地營開賽。

羅布恰距離聖母峰基地營八公里，是最靠近基地營仍有乾淨水源的地方，於是我們決定以這裡為最後的訓練據點。從明天開始，我會從羅布恰往聖母峰基地營，每天來回折返練習共十六公里的距離，預計前兩天先適應高度並觀察地形，後面幾天練跑時用兩雙鞋配不同襪子試路感。

我決定從明天開始每天跑上基地營打卡。

今天上坡進步，除了身體適應海拔，也可能是昨晚收到了戰帖。尼瑪弟弟達哇是一位嚮導，他正陪著攝影師東尼做紀錄片，達哇與東尼是去年我下山後在加德滿都相遇認識的，而現在我們全都在這座山上。今天他們會從山的另一頭過來羅布恰與我們會合。我在臉書私訊開玩笑地跟達哇說：「看誰先到羅布恰？賭一瓶啤酒！」（東尼本名李安峰，二〇一六年我第一次來喜馬拉雅山下山後，在加德滿都認識的高山攝影師，他自二〇一五年開始陸續研究記錄雪巴文化，過程中皆由尼瑪的弟弟達哇作為嚮導，帶他遍訪喜馬拉雅群山。）

山貼得好近，太陽也貼得很近，全身包緊讓烈日烤，已經好幾天沒洗澡，想讓紫外線消毒身體。望著尼瑪與達哇的黝黑側臉，有如山稜線般的線條在夕陽下格外清晰。我心想如果沒有雪巴協助，在超過海拔四千五百公尺的這座山，我無法存活超過四十八小時。就如同東尼紀錄片關於冰瀑醫生的描述：「沒有冰瀑醫生，也就沒有聖母峰攻頂這件事。」

剛收到訊息，希拉蕊台階（Hillary Step）垮了，有四個人於攻頂後下至海拔八千，氧氣用完不幸罹難。但，以價值而言，生命最長久的人並不是活得時間最多的人。

這是此刻吸著含氧只剩百分之五十空氣的我，所感受的道理。（據聞希拉蕊台階應該是在二〇一五年尼泊爾強震中已崩塌，但由於皚皚白雪覆蓋難以判定是否崩毀，這次希拉蕊台階已確定不在，它曾被認為是聖母峰攻頂前最後一道障礙。）

1

2

1 一位當地選手正在賽道練跑中。

2 海拔四千九百公尺賽道。

自行布置的選手房。

1
2
3

1 東尼、達哇、尼瑪、我。
（Photo by 高山攝影師 Tony 李安峰）

2 氂牛媽媽與寶寶。

3 另一座山的倒影氣勢壯闊地貼在前方山壁上。

正在記錄犛牛生態的達哇與東尼。

5月23日

羅布恰(Lobuche)

海拔：4900公尺

來回16 KM完成

聖母峰基地營(EBC)

海拔：5364公尺

急性高山症發作

今天抵達去年插旗的地方，我就以為已抵達開賽點準備折返回去。拍完照，突然覺得一陣暈眩，我立刻冷靜地走到尼瑪身邊：「尼瑪，我身體覺得怪怪的，有點想吐，會不會是急性高山症？該不該吞藥？」尼瑪：「陸，開賽點還沒到，要到底下『真正基地營』很裡面的地方。妳不要馬上吃藥，我們先觀察看看，妳可能是吃壞肚子。我們先去冰瀑醫生那邊吃中餐，順便休息一下。」

聖母峰基地營的冰瀑醫生們有好幾位是尼瑪的親戚朋友，因此他要我繼續往下走，順便去冰瀑醫生的帳篷休息；另外，開賽點就是去攻頂八八四八之後下山的地方，那個地方在基地營最深處，也是非常靠近冰瀑醫生紮營的駐點。（真正的「基地營內部」觀光客無法進去，只有攻頂八八四八的人以及這場馬拉松選手，或者是得到許可、付費才有機會進到裡面；這也是當初吸引我報名賽事的其中理由，因為我想真正進入到基地營裡面。）

● 什麼是冰瀑醫生？

整個喜瑪拉雅山區，凡是有冰河、冰隙的地方，就需要架設冰梯，並且需要有人定期去探路，去看看路線是否因冰河的活動而改變？攀爬者跨越冰梯需要勇氣，但真正要感謝的是架設冰梯與探路的冰瀑醫生。沒有他們，任何攻頂要如何在有限時間內跨越道道生死交界的鴻溝？

聖母峰基地營的氣候變化多端，非常不適合長期居留，早晚溫差極大，這裡所有的生存物資都是靠人力、獸力補給。舉例而言：像我這種做短程居留的可以帶水上去，但是像冰瀑醫生是直接靠人力從融化的昆布冰河扛上來，這個過程極為繁複，曾經聽東尼描述要先從營地走到取水區，用錫製的水壺去把冰敲破取水，隔日這個洞又會再結冰，又得再敲；連喝一口最基本的水，都須費盡千辛萬苦。另外，冰瀑醫生必須在登山季前就把所有補給品、登山器材、帳篷先帶到聖母峰基地營，在冰河上徒手用工具有如拓荒者般的整地闢建營區。

他們是聖母峰基地營的管理者。

全世界任何想要從尼泊爾這頭挑戰聖母峰的人，他們必須經過：基地營、冰瀑區、營地一、營地二、營地三、南坳、聖母峰。其中從基地營到營地一的冰瀑區是整段路途最無法預測的死亡區段。整片冰岩陡峭有如凍結的瀑布，冰岩與冰岩之間常常有無數深不見底的冰隙。因為氣候溫度改變，冰岩體質有如爆米花般脆弱，常常無預警崩塌。要跨越這道死亡區，就必須仰賴冰瀑醫生開路。

冰瀑醫生開路時，除了個人設備還要背上極重的器材，每個人平均每天在海拔七、八千公尺要負擔十五到近三十公斤的器材重量；另外還需要絕佳的判斷力去決定哪些地點與冰岩狀態適合架上冰梯。

基地營最底層與最深處，旁邊就是攻頂入口。

冰河。

往冰瀑醫生帳篷行進過程中，我身體急速地感到不舒服，一切發生得很快，覺得沒有力氣、反胃。但同時對腳下跋涉的路感到震驚，因為真的是冰河，我旁邊就是昆布冰河啊！比賽當日我必須要穿越這些冰川、冰磧石，這比想像困難許多。越往前，我更急於想要瞭解整個賽道狀態，同時想，趕快到冰瀑醫生的營帳吞個藥。

營區底層很冷，看著腳下的路，感受身上的風，我有種異想：突然覺得這場賽事若不是冷死，就是摔死，要不然就是被發狂的氂牛撞死（整場毫無交管，人牛爭道）？要不然就是曬死？最後是跑死（實際距離絕對不會只是個全馬距離，若是迷路就是靠老天保佑）？

終於到了營帳，冰瀑醫生還煮麵、燒茶招待我。我毫無心理準備會見到冰瀑醫生，結果興奮得腎上腺素暴增，支撐了快二十分鐘。然而，看著眼前的麵我卻吃不下，想吐，但依舊逼自己吃，心想著：我需要體力走回去。看著最愛的高山奶茶，我開始感到暈眩，沒有力氣。我想到小鬍子教練跟我說的……

「尼瑪，我肚子不痛，但很想吐、也快沒力了，應該是高山症發作，我先吃顆藥，然後我們需要馬上走。」

尼瑪聽了馬上起身，告別冰瀑醫生，帶著我急速返程。

聖母峰基地營管理與攻頂之路安危聯繫盡在此方寸之地。

與冰瀑醫生留影（暴增的腎上腺素支撐我二十分鐘）。

我的目標究竟是什麼？

回程路上只想著一件事：在這個地形下我要毫髮無傷地趕快回去！能不能跑？是否繼續參賽？都不是重點，我必須要趕快回到民宿。

現在毫無體力疾行，但時間要是拖得越久？我怕會倒下。虛弱的我，努力用登山杖去支撐搖搖欲墜的身體，想快點橫跨基地營底部走進高樂雪。一踏進高樂雪，單根將近五千元的FIZAN越野登山杖其中一節斷了！在海拔五千公尺短短三小時的溫差中，金屬已脆弱到無法承重。

心情有些激動，因為，整條賽道真的好難！

地理，地形，溫差，高海拔整體環境，跑起來十分挑戰。

最後我終於撐到羅布恰民宿。

回到民宿就像洩了氣的球，一層薄薄地癱在床上，毫無重量。進房間前用盡最後的體力，腦袋努力保持清醒地告訴尼瑪：準備吃哪些藥與藥量，並指著身上的紅色隨身包讓他知道護照、保險卡位置、家人聯絡方式，如果送醫的話要開英文診斷證明……我們決定明天休息，觀察身體狀態。

尼瑪憂心看著我說：「陸，妳介意房門不要鎖嗎？如果可以的話我想過來看妳。」

我虛弱地微笑，「尼瑪，拜託你一定要過來確認我是否還活著。」

回到房間後，闔上眼，想著這段路程遇到一些選手，有些人是來拚名次的，有些是歡樂加油團，而有些已準備棄賽不參加——因為太、困、難。

我呢？我的目標是什麼？我是來完成的……而現在只剩四天的時間可以復原。

基地營插旗處，之前以為聖母峰基地營對外開放的插旗處就是聖母峰馬拉松開賽點，結果真正開賽點在基地營內部。

從插旗處至基地營內部還有一段距離，整段過程冰河地貌美豔絕倫，但充滿風險。

1 基地營插旗處。

2 當天在基地營插旗處留言、拍完照，身體開始不舒服，感覺暈眩。

3 前往冰瀑醫生帳篷行進的過程中，身體像球被刺了一個洞，急速地消氣感到不舒服。

跟在尼瑪身後，
持續用手機記錄賽道路面，
不停問他：「這裡真的是賽道嗎？」

越往裡頭走越感到震懾與恐懼，
心想：「這要怎麼跑？」
同時也被美景深深吸引。

看似石塊的路面其實是冰，
十分滑膩。

基地營底端的賽道視野。

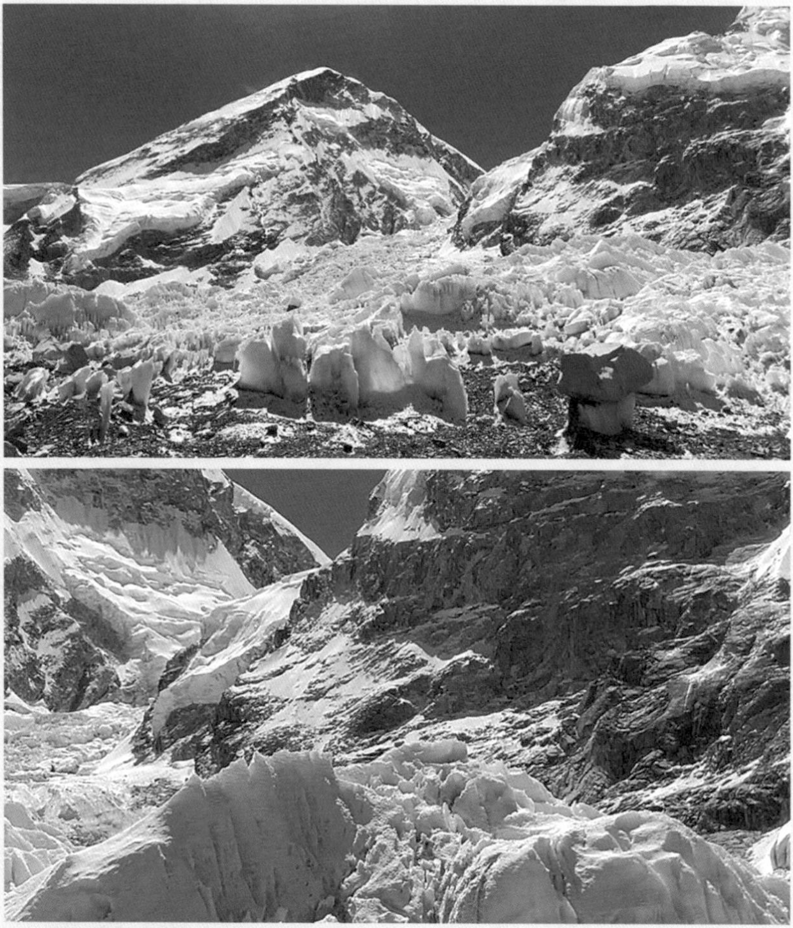

基地營開賽處的賽道，其實是冰塊。

5月24日

羅布恰(Lobuche)

海拔：4900公尺

抱著有照片的水袋睡覺

從昨日下午三點半昏睡，偶醒，再持續昏睡到今天早上七點半。中間吞了四顆單木斯、兩顆普拿疼，早上進食了。今晨必須中斷訓練，看看過中午後的狀態。

早上意識終於完全恢復，跟家人報平安後再繼續休息躺到晚上六點。在這二十六個多小時中，尼瑪默默地看護、送水、提醒進食。甚至發病當晚一度昏昏沉沉，我可以感覺多次他的手指靠近鼻子，檢查我的鼻息深淺與溫度。

直到次日，他每隔一段時間就會繞到門口敲門兩次喊：「陸～妳還好嗎？」一開始我覺得好累，只從嘴巴發出不成句子的咕噥聲回應他。

到了傍晚，我已經可以分辨尼瑪快到門口的腳步聲，在他敲門前我對著門外說：「尼瑪？是你嗎？謝謝，我好多了，晚一點到飯廳找你。」躺在床上，看著天花板。昨天安全回來，可以感覺現在身體虛弱，咳得又更厲害了，但底層還是有力量。

感謝尼瑪，他是如此盡責！感謝這座山，它終究讓我平安抵達。但同時害怕，害怕這座山終究沒有選擇「我」，面對幾天後的賽事不得不放棄。我來得及康復嗎？

起床後緩緩走進飯廳，與尼瑪討論接下來的計畫。「超高海拔短時間快速行進爬升，是導致昨天急性高山症發作的主因。」所以還是得移至五千一百公尺海拔駐紮，逐步讓身體適應。另外，以目前身體狀態在氧壓不到四十、強風刺骨的冰河上我可能撐不過兩晚，聽說有些選手沒進選手村睡，所以是否有機會開賽前再進基地營睡？但眼前更急迫的是不知道自己還能不能跑？因此我與尼瑪決定明天要用「極緩」的速度再次爬升到聖母峰基地營，先觀察身體反應，回程駐紮在高樂雪去適應高度。

想家，床上躺著休息時接到家裡的視訊電話。

偉哥：「還好嗎？」可以看見兒子小偉在他身後正可愛地揮手叫：「媽媽！」看到小偉的臉，眼淚突然從眼眶滾出來，立刻把頭撇到一邊讓枕頭把淚水吸掉，不讓他們看見。這應該是我第一次人在外地，忍不住對著兒子泛淚。

「沒事，家裡呢？」微笑地看著小偉：「寶貝，你有沒有乖乖？」

偉哥：「不用擔心，我們都很好，妳，沒事吧？」

我：「沒事。」感覺自己雙眼又再度泛紅，於是急著想把電話結束，「我沒事，只是需要休息。愛你們，先這樣了，不要擔心。」

掛上電話。

想洗澡，我真的好想、好想洗澡，上次來不用跑，這次練跑身體練得好臭。想念台菜，好想吃台灣的青菜、肉、海鮮。因為營養缺乏，牙齦已經出血。我想念台灣的一切，想念到起身把水袋拿出來，緊抱著有兒子照片的水袋休息。告訴自己再過幾天就跑完，要好好跑。

然後，一切就結束了。

親愛的聖母峰，

全世界最高峰就在我身後兩座山之間冒出的小山頭。

5月25日

羅布恰(Lobuche)
海拔：4900公尺

高樂雪(Grokbucha)
海拔：5100公尺

4 KM

聖母峰基地營(EBC)
海拔：5364公尺

來回折返8 KM
全程共12 KM健行

其實，我很害怕

當一步步，再次踏往基地營的路上，

我害怕只剩三天，身體無法恢復。

我害怕高山症再度發作！

我害怕經歷昨日站都站不穩的狀態，自己是否有能耐躺在冰河度過整晚？

我甚至害怕這個險峻的賽道與海拔。但，其實我最害怕的是對自己失望！

我、真的、很想完成。

緩慢走著，仔細觀察自己的呼吸、肌肉狀態；是否有暈眩？噁心、嘔吐？過喘？……還有力氣嗎？每一步踏在冰磧石上的腳步都小心翼翼，好像有另一個我跳脫出身體，從外部觀察自己身體，緊盯狀況。在高樂雪冰塊混著泥巴沉甸甸的腳步中，我一步步往前推進。我內心知道在海拔五千多灼鍊的是心志，而非身體。告訴自己若虛弱到無法完賽？就「撤」。但除此，放棄從不在選項裡。這條關乎生命安危決策的「線」只能握在自己手中。

逐漸地，前方高原出現了一根紅色小旗，充滿力量卻極其孤單、有點歪斜地插在大地上。「尼瑪，那、那是賽道標示嗎？」我驚喜地看著那小小紅布旗。

尼瑪：「應該是的。」頓時，我腦中順了一趟賽道情景。看著歪斜的旗走過去扶正它，也請尼瑪幫我拍了照，畢竟這是這麼多天以來第一次看到官方單位指標，我不禁興奮地留念。

我與小紅旗。

請讓我站在起跑線吧

拍完照後向前繼續走著，想著過去超過半年一路以來的訓練，從每日有氧跑步、不定時的高海拔模擬低氧面罩負重跑、山訓、單攻、芭蕾瑜伽、空中瑜伽，以及在家裡徒手肌力的加強核心……每個訓練，都是為了讓我來這座山參賽。我已經來到這裡，已經到了！

就剩最後一步路，老天，請讓我站在起跑線前吧！

這座山很大，大到人如螻蟻般的渺小，停下腳步時我常常回頭看尼瑪，尼瑪身影就像冰塊融化般的融在這片山景，而我因缺氧的關係也似乎快消失在裡面。我必須仰賴許多臉孔，想著這一路在山上為我打氣的芙蒂、明瑪、安泰迪，以及遠在他方的家人、友人，甚至陪伴在側的尼瑪，把我拉回現實中，再次地往聖母峰基地營前進。就這樣一步步，一步步，一步步，我呼吸平緩地到達聖母峰基地營，在頂處深深吸了氣，再緩緩從腹部吐出。

「你覺得呢？我覺得自己恢復得還不錯。」

尼瑪流露信心，微笑地看著我：「我覺得妳沒問題！」

今天天氣真好！藍澄澄的天像一塊軟布被甩了一下散開在天際。每片雲與每道光在畫布上迷幻地交錯，我從背包拿出了一面小旗請尼瑪簽字，自己隨後也簽了字：「尼瑪，謝謝你的照顧，這是屬於我們的隊旗！」接著我像一頭熊攀爬到紀念碑，盡可能地伸到一個高處把隊旗綁起來，在上頭對尼瑪喊著：「這下沒人能動（我們的隊旗）了！然後做了一個勝利手勢！」尼瑪咧嘴大笑，太陽眼鏡在烈日下閃耀著。

我知道在這樣的環境，身體不可能完全休養康復，尤其身處海拔五千一百公尺以上的高山，沒有乾淨水源，衛生條件更差，空氣更乾冷，現在的呼吸道感染一定會更嚴重，到時肺、支氣管與喉嚨的痛楚……唉！閉著雙眼回想去年經歷，而且那時還不用跑。於是爬下後，我在紀念碑右側石頭寫下一句話送給自己，我深信會靠著這句話完賽！而且，我有尼瑪！（登過四次八千四百八十八公尺珠峰的尼瑪看過太多在這座山生病的人，他從觀察別人行走就可以判斷身體狀態以及抵達目的地時間。另外，他只要看天空一眼，就可以預測天氣，比氣象預測還準。我曾經開玩笑地對尼瑪說，退休後你可以去做氣象播報員。）

所以今天持續要求自己往上走，一定要超過海拔五千一百公尺！告訴自己可以走多少就走多少，慢慢走，適應氧壓。想辦法多吃，我的身體需要力氣，甚至後來拿出渝哥提供的補給餅乾直接先吃，試著讓自己有胃口，想些快樂的事，想些任務，讓自己上山去。我跟尼瑪說：「賽道都記錄好了，手機交給你，麻煩幫我拍照。今天讓我們完成拍攝世大運旗，然後，我有些話要對自己說，並把它永遠地留在這裡。」

在喜馬拉雅山上宣傳「世大運」活動。

2017 臺北世
8.19-8.30 29TH SU
滑輪溜冰在
大同區公所 邀

靠近基地營底部的部分路程完全無可跑性，需用徒手攀爬。

從身後尼瑪視角，我也融化在山景中。

直升機正在送人下去。

1 賽道上的冰河。

2 從昆布冰河外側看基地營。

3 昆布冰河外側。

此刻，我相信可以完成這場賽事！

4 5

4 基地營的插旗處。

5 此刻，我相信可以完成這場賽事！

5月26日

高樂雪(Grokbucha)

海拔：5100公尺

來回折返 9.6 KM

聖母峰基地營(EBC)

海拔：5364公尺

美麗卻靠死亡如此近

終於收到晶片卡、號碼布了，113，加油啊！

今天跑完開始休息。感覺身體比較有元氣，但咳嗽隨著感染而加劇。這是過去四天中，我第三天（次）上聖母峰基地營。以前是到大稻埕河濱晨跑，這幾天是到基地營晨跑。明天可以不用跑，休一天，感覺很開心！

選手村營地位於聖母峰基地營的深處，就連起跑線都在基地營裡頭。今天我與尼瑪探視明日要入住的帳篷後，回程路上他領著我走入攻頂八八四八的入口，也就是攻頂聖母峰所行經昆布冰河有如爆米花般脆弱的死亡區前端。我隨著尼瑪的每一寸步伐，小心翼翼地移動，深怕腳下脆弱的冰碎掉，我會直接掉入冰隙中。

當尼瑪要我停止向前時，我身體直挺挺站在原地一動也不敢動，眼睛被眼前沒看過的奇景震眩到嘴巴不停驚呼著！如水晶般雪白冰瀑一道道豎立在身旁，寒氣直透衣服竄入每根毛髮，這樣的美麗卻靠死亡如此地近！

站在昆布脆弱的冰河上頭，我彷彿又聽到那陣風……一年前從島峰回到駐紮地，當晚的風。

前往全世界最高峰聖母峰八八四八公尺入口處後的
昆布冰河死亡區。

當時從島峰回來，感覺全身已凍成像一整座冰塊般，聽著打在帳篷外的風聲，風似乎未曾停過，一陣陣地忽強忽弱，我第一次感覺全身都空了，空到只剩下薄薄的殼。從凌晨離開這個帳篷，到天黑回到帳篷躺下，還沒超過二十四小時，但感覺已過了半個世紀。我甚至毫無力量褪去身上的雪衣與雙手凍成冰塊般的手套，就這樣躺著，聽著風聲。

上圖：我們位於島峰基地營的帳篷 ，帳篷後三角錐的山便是島峰。 ／下圖：島峰。

靠近死亡的聲響，那風吹著……

島峰（Island Peak）是一座位於尼泊爾昆布冰河地區六千公尺級山峰，標高六千一百八十九公尺。四周環繞著巨大冰河，遠遠望去猶如一座在冰河海中的島嶼，她有著近乎完美的三角身形。

在走過外環道後，從民宿到島峰駐紮地的路程相較簡單得多，整條路是布滿碎石的緩上坡，視野遼闊跟戈壁的景致有點像，大自然的聲響清晰無比，可以聽到偶爾飛過的鳥群低鳴。

抵達島峰的基地營不久後，尼瑪要我與慧萍在旁邊的斜坡練習使用上升、下降器材；因為之前有受過小鬍子的攀岩訓練，所以這對我並不困難。但可預見的是我們除了原本自身裝備，還需穿上雙重靴、冰爪、吊帶、岩盔等近八公斤的額外裝備，背負這個重量攀爬上去，這才是真正的挑戰！

凌晨吃完早餐後我們就出發了；戴上頭燈在黑暗中繞到山後，一路只能感覺踏在大塊岩石中不停陡然上升，前方視線被黑夜完全籠罩，根本無從判斷山貌，只能憑著前方小尼瑪的動作來思考下一個踏點是哪裡？（因為島峰具危險度，所以尼瑪另外請了一位嚮導與我們同行，這位嚮導名字也是尼瑪，我們稱他「小尼瑪」。）

慢慢地，太陽現身天空緩緩露出了魚肚白，在粉紅和粉藍色漸層的天空下抵達了雪線。我笨拙又吃力地穿上吊帶、靴子，綁上冰爪，掛上冰斧，繼續向前；卻發現腳上的冰爪不停脫鉤，短短的一段路掉了五次。

後來看到前方要跨越一道冰梯，心想穿著這個冰爪去跨那道冰梯可不是開玩笑的，於是告訴尼瑪：「我需要換掉這個冰爪，這個冰爪不穩，有備用的嗎？」

尼瑪看著我腳下的冰爪，不解地搖搖頭，他不明白為什麼冰爪一再掉落，然後馬上卸下他的冰爪幫我套上，自己再換上原本穿在我腳上的冰爪。

換了冰爪後，我終於可以穩穩地走在雪地，也過了這道冰梯。

這道冰梯是三道梯子接起來，長度大約兩公尺。第一次走會緊張也有些興奮，嘴裡哼著歌，身體隨著律動試著放鬆，走在上面感覺一陣陣的風颼過——這件事引起我的警覺，心想：回程一定要趕在天黑前爬完冰梯，越晚風颼得越強！

接著一行人在雪地中持續攀爬，不久後看到一條深厚的裂谷，裂谷上架著另一道冰梯，這道梯子更長，應該是剛剛走過的二至三倍長度。有些攀爬者到了第二道梯子便放棄而回頭。我看到時，胃縮了一下，吞了一口口水，然後在踏出前，在心中模擬若是掉下去，該做哪些動作？雙手要握哪裡？雙腳怎麼擺？才可以再爬回冰梯上面。接著我與慧萍都綁上安全繩結，手握著不停被風颼而震動的繩子，眼睛緊盯梯子，分別小心通過。爬完冰梯，需要橫越一片超過海拔六千公尺的冰原，才可到達攻頂的最後一段路。最後的攻頂路，是一條長約二百公尺、角度超過八十度的冰崖。遠遠看著像是一座冰牆矗立在前端。

看著這道牆，身負重裝的我們，在海拔六千公尺接近垂直爬升，綁著繩結相繼出發。因為綁著繩結，我需要等慧萍爬升至一定的距離後才可移動。

可怕的是在二〇一五年尼泊爾大地震後，這短短的二百公尺已不再無瑕，而是處處充滿傷痕。在地震之前可以運用繩索去直升直降，但現在處處是冰隙，冰隙有直的、也有橫的，那意味著我們遇到冰隙便需要在空中改變路徑，尼瑪需重新敲釘再套上繩索重新開路。

另一個麻煩是地球暖化，因為暖化所以冰層變薄，很多時候冰斧敲下去，敲到的是堅硬岩層（便敲不進去）。在海拔六千的空中，揮舞冰斧尋找支撐點，是一件極度費力與費時的挑戰，也因此，向上前進對我們四人來說變得困難重重。

在半空中等待的過程，我發現水袋的水已結成冰，不管將吸管含多久，口中的溫度還是無法融化吸管內壁結成冰的水。開始想吃東西，卻也不敢脫手套，覺得指節僵硬、手套凍得跟石頭般，只能繼續努力一手握著冰斧，一手握著安全繩。肺部氧氣交換率剩不到平地一半，肺好痛，空氣太冷了，每吸一口氣都痛；面罩也蓋不起來，因為呼氣的瞬間水氣就結冰，已經缺氧，蓋住後完全吸不到氧。

我只能原地等待，然後等到可以前進時，再一步步向上敲著冰斧，用力將雙腳冰爪前端垂直插入冰壁，然後拉著安全繩前進……不停地重複這個動作。

過了許久，慧萍登頂，在後頭的我終於可以繼續攀爬。當下判斷自己的體力已開始由「綠」轉「黃」燈，心想：「需要跟時間賽跑。」……最後短短一公尺，在慧萍的鼓勵與加油聲中，耗竭心力的我也終於登頂。

完美三角身形的島峰。

真的好美，但，好累！

攻頂後錄了影、拍了照，我心中第一個念頭就是：「下山。」

回程慧萍出發後，我聽著尼瑪指示隨後出發。痛苦的是往下攀爬，不只要等慧萍與我間隔出距離，另外我也要等尼瑪把繩索收掉才可繼續往下移動。

等待過程中，太陽升起，雪開始慢慢融化，瞬間不同大小崩開的冰崖像落石般往下砸落，第一時間我大叫：「落石！」便找到一處冰隙將身體「藏」在裡面，那是在海拔六千多公尺高空中的小小裂縫。

我用眼睛餘光往下掃，想確定慧萍與小尼瑪是否安全……「喔！他們已經快到底下冰原了。」我鬆了口氣。過程中我與尼瑪不停地躲落石，然後再等他收繩，繼續往下攀爬。最長時間我掛在山壁中的冰隙間長達四十分鐘。在等待的過程，我無法往後靠到山壁休息，因為那是薄薄的一層冰，身後的背包稍微碰到，我就聽到「啪」一聲碎裂的聲音。也無法往前，因為沒有任何地面，前方就是空氣；就這樣全神貫注地直立站著、等待。

我閉上眼睛試著讓自己冷靜，想著下去後的路：「一定要在天黑風變大前走過冰梯……」時間一秒秒過去，當下若再無法前進可能就有危險，我祈禱老天與山神的眷顧，同時要自己冷靜處理。熬過第三波落石襲擊，它終於停了。

我與尼瑪繼續往下攀爬抵達冰原區，一下去慧萍見到我就問：「要不要吃些東西？」想都沒想地說：「要趕快離開，我們要趕快過冰梯，天黑風變大就不好越過。」我拚著要在體力還是黃區時過完梯子。最後也如願在天黑前走過冰梯，但似乎在過完冰梯那刻我已耗掉大部分精力，體力正式下降至「紅」區。

體力用完了用耐力，耐力用完了用毅力，毅力用完了用生命力。剩下的路，我只剩下殼與生命力。

島峰回程的最後一段路，我靠著拚命想活的慾望讓自己專注，然後持續向前。

走著走著，突然在黑暗中，對向出現好幾盞頭燈燈光，原來是駐紮處已派人來找（雖然我們已接近營地），感動的是他們提著熱茶來，於是剩下短短路程我邊喝著熱茶邊走回營地，然後卸下裝備，衣服沒脫就爬回帳篷。

我乾了……腦中浮出一個飄渺的念頭：「離死亡好近啊！」

然後空了，只剩耳朵有感，聽著帳篷外風的拍打……那風吹著。

從島峰海拔六千高空向下看的地貌。

桂冠榮耀只屬於這座山

此刻看著眼前的昆布冰河，昆布冰河的寒氣讓我聯想到當時海拔六千的高空。

我心想這次聖母峰馬拉松，除非是身體很糟或迷路，我應該不會有「離死亡好近」這樣的情形出現；雖然現在的肺開始受凍、支氣管發炎，呼吸已開始隱隱作痛。

總之，我要回家，一定要回家。

回到高樂雪村落，看到當地人正在激情地打排球，我覺得太酷也不可思議，在海拔五千一百公尺、體感一度的狀態下可以高聲吶喊、盡情跳躍！這不叫基因，什麼叫基因呢？

我突然想到聖母峰馬拉松沒有分國內、國外組，也沒分齡。全部將近三百人的報名只簡單地區分男、女二大組別，因此五十歲的美國越野大叔，會跟二十五歲的尼泊爾軍人選手一起排名。若想跟具高山基因的當地人爭名次，挑戰度真的很高。雖然聽尼瑪描述當地人有跑到吐血的狀況，我猜是平時並沒有練「跑」，比賽當下衝太快，肺臟在高海拔爆掉？但對於海拔的適應與賽道的瞭解，很難有外人可以與當地人媲美，去爭取屬於這座山的桂冠榮耀，「聖母峰馬拉松」是屬於這座山的。

前進島峰冰原區之前，必須行經如魔獸世界嚴酷崎嶇的黑岩區，表體十分尖銳。

我們在黑暗中出發前往島峰，
抵達冰原區時看見魚肚白露出的島峰。

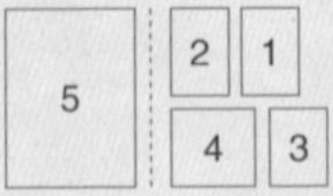

1-4 準備越過冰隙區域。

5 跨越冰梯。

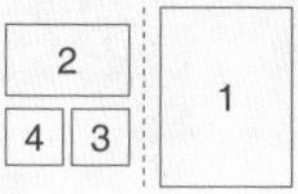

1 冰原區前方是八十度的垂直冰攀。

2-4 當天有八個國際隊伍出發，其中三個隊伍上到海拔六千公尺的冰原，但最後，只有兩個隊伍成功攻頂。

5		2	1
	6	4	3

1-4 攻頂前的冰攀區。

5 結凍的臉。

6 我須在原地等待間距拉出，才可以再前進。

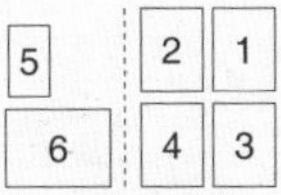

1-4 冰攀前段。

5 攻頂前最後的拉繩攀爬。

6 島峰之頂，我們比眼前所有的山都高。

National Chengchi Uni
國立政治大
EIDER

National Chengchi University
國立政治大學
NCCU EMBA
99 Club

5月27日

高樂雪(Grokbucha)

海拔:**5100** 公尺

強者的光與暗都是養分，去造就屬於自己的唯一

今天在民宿休息，順便進行戰略討論，確認每個區段要花的時間。依據區段路況、地形、風勢、坡度，大致決定換衣的時機，與何時用杖。前晚得知全馬開賽時間為早上七點，若到下午六點半還未跑過丹布崎（Tenbuche），當日便會被關門，參賽者需自費在村落住一晚。隔日大會會再額外提供三小時，若在三小時內參賽者可跑進終點也算完賽。我告訴尼瑪：「我不想跑兩天。」

盧卡拉機場剛剛發生墜機事件，突然感受這種危機與自己貼得好近。不禁也想到我的雪巴朋友們，他們日日與危險共存的日子，但長期以來卻未得到適當的尊重與報酬。另外，聖母峰馬拉松一名新加坡女性參賽者，昨日在海拔四千九百公尺處過世。（……我心裡不禁驚呼，有任何馬拉松賽在開賽前，就有選手去世的狀態嗎？更何況這場比賽需要繳交健康檢查的體檢表？）然而詳細的狀態並不清楚，心頭為這名跑友揪緊了，感受並不舒服，同時慶幸自己至今平安。

今天睡到七點才起床，不用跑，有段時間只靜靜躺著看著窗外飄起的雪。不用跑的日子會覺得幸福，但你會知道可以跑的日子，真的很幸福！

今天遇到聖母峰馬拉松連續七年女子組冠軍的「馬拉松大姊」安達米（Ang Dami），其實馬拉松大姊的年紀比我小許多。我問她賽前都如何準備？吃什麼？她與我聊天時肺活量與在平地無異，那雙綠色眼睛閃耀著勇者自信。我喜歡近距離靠近強大的人，馬拉松大姊是當地人，也許她具有天生基因與主場優勢，但同樣身為女性，當自己跑過時，那些地形路況真是非比尋常，因此她連拿七年冠軍很不容易。

我與她都並非職業選手，她平常在山區務農，而我是一名都會職業婦女，我們都有小孩。我們如何為了一個意念，長期除了工作、照顧小孩，並自主訓練？這個冒險並非莽撞，一定要好好準備才能在有風險的情況下出賽。馬拉松大姊每一年、每一年、每一年地再度參賽，而且在毫無專業教練指導，全靠自主訓練下，她還締造了女子六小時成績！

我認知強者最大的不同處不在體能，而是心理素質。這種心理素質並不在試圖超越誰，或是成為誰；而是面對任何狀況都可以轉化成自我成長的前進力量。尤其當遇見痛苦、挫敗、悲傷，心理素質強的人並非否定痛苦挫敗的存在，或是利用悲傷形成藉口；反而是抓住它，抓住那個痛苦、挫敗、悲傷，繼續走下去，因為這一切的暗將成為照亮未來的光。這是我的感受，我所看到的，這也是為什麼我喜歡與強大的人相處。

強者的光與暗都是養分，每個人都可以是屬於自己的唯一。

看著馬拉松大姊那自信眼神，手拿著她推薦開賽前吃的花生醬，我就覺得自己又強了些，她讓我學習到熱情可以克服恐懼，花生醬可以幫助人在這座山跑得持久。

都打包好了，都準備好了，只剩稍晚貼個PowerMax！

拜託老天爺、山神，只剩兩天，請讓氣候穩定，給我們一個好天氣吧！不要吃壞肚子，感冒不要惡化，高山症不復發，不要咳得太嚴重，身體平安，不要受傷，請讓我跑！請讓我跑!!請讓我跑！！！我會努力，我會跑完的！我想全、力、以、赴、地跑！

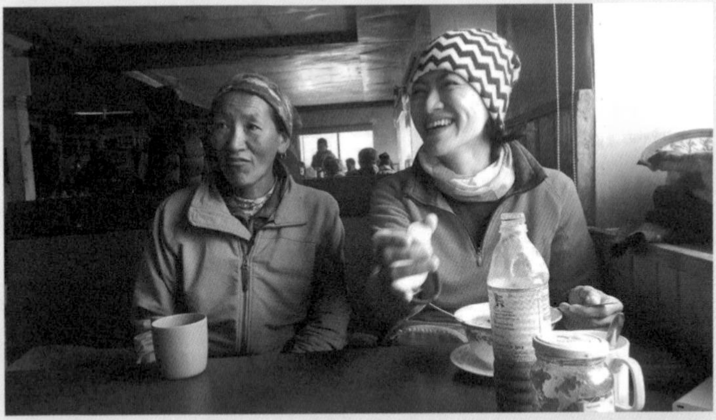

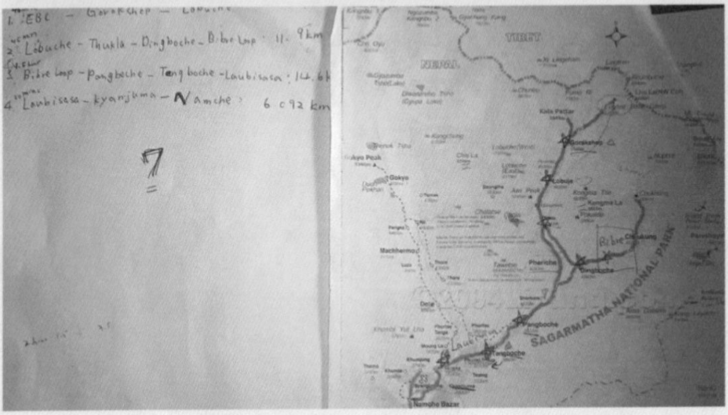

1 我與「馬拉松大姊」安達米（Ang Dami）。

2 戰略規劃，思考每個區段跑的方式。

5月28日

聖母峰基地營(EBC)

海拔: **5364** 公尺

開賽前一天駐紮在基地營選手村

我還有機會

在帳篷裡，聽著從外面傳來此起彼落的咳嗽聲，想到稍早在大帳有選手問了主辦方：「目前到底有多少人退賽？」這些退賽的選手不會在比賽名單中，不管之前他們為了這場賽事準備了多久，或已經跋涉了多少海拔，他們連Olny Complete（完賽）或DNF（未完成）的字眼都不會存在，瞬間白雪覆蓋他們曾經參與這場賽事的片刻。

我安靜想著，默默撐住，靜靜聽著睡袋底下冰河透過冰層穿透石礫流過的聲音，然後調整呼吸。我告訴自己：「可以的，只要能熬過今晚，明天就往下了。」我是他們所謂play solo的選手，大概是到了高樂雪海拔五千一百公尺駐紮時，才與團報的其他選手交流。團報選手每個人都配給一位嚮導並有隊醫。到了基地營，分成四大帳報到，每帳約是六十到七十人的配置管理。

今天（二十八日）直升機震耳的螺旋槳聲音不停穿梭，送走已無能力下山的人，可以自行下到低海拔處的人大部分已在二十七日下去，這場賽事比我想像中的嚴峻。

下午坐在大帳喝茶時，身邊的三位選手正討論著一位日本女性參賽者，稍早我看到這位參賽者的兩位同伴正攙扶著她上廁所，她整個臉色發白。我問：「她怎麼了？」他們說：「她過去兩天都是要人扶著，但她依然堅持上山參賽。」「不明白這種狀況她要如何跑？」「為什麼主辦方還不強制她退賽？」

我看著這位日本女生無力的步伐踏在冰磧石上，眼神堅定筆直得令人不寒而慄，腦中突然泛起神風特攻隊畫面……（看著她，我內心ＯＳ：我會放棄吧！我不想死在這兒，但很幸運的是我不用放棄，我還有機會。）過沒多久，這名日本參賽者也上了直升機。

我試著睡，多睡一點。但單木斯的藥性讓我想上洗手間，然而在這種環境下，上廁所是痛苦的。除了寒冷，外帳立在冰岩側，你必須用很奇怪的姿勢用腳頂住地面，才不會滑倒地把帳篷拉開，我完全不想在比賽前受傷扭到。然而凌晨四點前，我望著聖母峰，上了三次洗手間。在每次折返的短短路途中，稀薄刺骨的冷空氣穿透肺部。上到基地營進駐到選手村，我的肺狀況更急轉直下，現在只能靠著不張揚地吸氣、接著緩緩吐氣，去降低咳嗽的頻率與深度。

我心想著尼瑪，他知道我的肺痛了，傍晚進帳篷睡覺前，他告訴我明天要跟著一起跑。尼瑪知道這座山，而我知道自己的身體，也知道如何跑。尼瑪會陪伴我完成，我不用擔心迷路，我也不容許讓自己倒下，變成他不可控的負擔。躺在睡袋裡，我開始在腦中模擬，回想著賽道，感受心肺，計算時間……等待這一切結束。

3	1
	2

1-2 立在冰岩上，我的帳篷十二號。

3 選手大帳。

5月29日

聖母峰基地營(EBC)

海拔：5364 公尺

出賽日

戰場

嗶嗶！

凌晨四點三十分手機鬧鈴響起，我下意識轉身迅速拿了頭燈，戴上運動眼鏡，收睡袋，上了一層厚厚防曬乳，踏出帳篷，準備與尼瑪、駄夫會合。

看著眼前連綿的冷峻冰川，我，笑了，同時，有種想哭的感覺；低喃著告訴自己：「要結束了（閉上雙眼，深吸著一口刺痛），穩住！」

今天是二十九日，在二十七日下午，我在海拔五千一百公尺高樂雪已穿好所有今天的衣物。下半身雙腿貼上滿滿的PowerMax，裡頭穿著五分跑褲加上及膝運動襪；上半身底層是防寒貼身衣，外面套上大會T恤，外層穿上運動保暖背心、羽絨外套、刷毛褲加毛襪。

過去四十多個小時，這身裝扮原封不動地陪我從海拔五千一百公尺往上移動至基地營選手村，然後重複「吃飯、上廁所、進入睡袋」「吃飯、上廁所、進入睡袋」的三個動作。

過去一週，我曾四度上基地營折返練習賽道的最後一段，並做高度適應；我感受在基地營的溫度環境下，穿脫佩戴任何物件都是費時、費力的過程。所以包括Garmin的錶，我在兩天前充飽電戴上它後，便把電源關掉；準備開賽起跑時的那刻再打開計時，我不準備消耗任何體能，因為在這裡連動根手指都是疲累的。與我們配合的馱夫喜尼昨日看錯時間，沒有出現在高樂雪營地。

尼瑪笑著說喜尼的錶是裝飾用的，我想想這有道理。尼泊爾裔的喜尼全身搖滾勁裝，像我這種單人行程對他而言是另種度假安排，他可以從一個村落到另個村落與朋友敘舊。手機通訊也是看緣分，要看地點與天候，並非隨時可通，因此手機也是另種裝飾品。所以結論是：當你人丟了，是很難在這座山裡找回的。於是昨天在高樂雪營地臨時找了另一位馱夫，把出賽日要用的裝備帶到選手村，然而這位馱夫，看來似乎不太靈光。

今早踏出帳篷時，我還在擔心馱袋問題，更擔心尼瑪是否休息夠？吃飽了沒？我知道尼瑪一定比我更早起在處理馱夫的事。沒跑過馬拉松的尼瑪臨時決定一路跟跑以確保我的安全……我擔心他的體力。

尼瑪跟跑的理由是：過去兩週賽道練習，我因鎖定視野內目標卻無法分辨遠程山徑落差，兩次差點跳山；以及現在肺咳了幾天沒好，昨日到基地營後狀況更糟。反正他也要下山，所以決定跟我一起「跑」下山。

到了帳篷外，我對著尼瑪與那位不太靈光的馱夫笑著說：

「有聯絡上喜尼嗎？」

「喜尼會直接從高樂雪把另一個袋子送往終點南崎。妳先到大帳用早餐，我與妳在那兒碰面！」

「好，你一定要吃飽。」（過去將近三週的相處，我知道尼瑪早餐吃得不多。）我深深直望著尼瑪的眼睛說：「我不會停下來吃東西，你要確保體力！」

身上背著兩公斤的水，將近三十五種不同的能量補給，兩根越野登山杖，以及預防用品（頭燈、防寒鋁箔、錢、手機、救命藥……等）的我，轉身邁向大帳。坐下後望著眼前的兩顆水煮蛋與吐司，這是過去這些天，我日復一日同樣款式的早餐。因為安泰迪告誡我這段時間在這座山的吃法，甚至在某一高度後不要碰肉，於是我非常自律地遵守，遵守到毫無食慾的狀態依舊逼自己啃完。吃完後我開始搜尋尼瑪的蹤跡，想確認他有吃早餐，直到看見他在伙廚旁，我才安心地走向起始線。

第一段賽道

靠近起始線處的冰川像是一座座美奐絕倫的雕塑品，與它擦身而過可以感受臉部的寒毛隨之而立，陣陣口鼻呼出的霧氣遮蔽了鏡片，也遮住我眼前的視野；腳下冰溪，像是血管遍布著此刻站立的大地，這不禁讓我從腳底感受到雄偉與脆弱的同時存在。我心想：這是全世界最奇幻的起跑點！

沒有大大的計時器，沒有舞台，沒有暖身操，沒有音樂，只有蹲坐在山崖觀看的群眾與站立在冰巖山谷中的選手，頭上不停盤旋的直升機發出巨大聲響像重低音戰鼓，在山巔拉開一場原始嘉年華會的序幕！情緒沸騰的鼓譟中，依稀聽見國外選手群的耳語：「誰的身體不舒服？」「某某人的狀況如何？」「他送下山了嗎？」我不禁環顧四周，據說約有三百名的參賽者，而現在真正站在基地營起跑線的人少了許多。

相較之下尼泊爾裔與雪巴族的選手，個個都有如即將出草般的自信滿滿，從喉嚨不停發出嘶吼的歡呼聲，更凸顯我們這群「外來者」在鼓譟人群中的謹慎。而靜靜默守一旁的昆布冰河似乎正警告著我們：「要對山崇敬。」

我的恐懼與興奮同時混雜著，隨著十、九、八、七的倒數，我拉下了面罩（因為需要氧氣與視野），我按下了錶上的計時器，那瞬間彷彿聽到睡袋下冰川嘟嘟流過的沉穩聲音，我告訴自己：「不要急……要出發了……」

賽道第一段：聖母峰基地營5364m / 0k往羅布恰4940m / 9.6k，直線距離九點六公里。

我站在起跑線上了

不要急，我告訴自己不要急……

以往開跑時，習慣性地會直視遠方假想出一道路線，然後用四至五分速順著路線穿越人群，抵達前方人沒那麼多的地方再重新配速。但此刻，我的雙眼只足夠專注緊盯腳下的冰磧石，跟隨前方選手亦步亦趨地移動，深怕踩空或被推擠，這樣的位移毫無步頻速度可言。拉下面罩後的鼻腔可以感受混著血液的鼻水在裡頭滾動，咳嗽頻率隨著肢體的擺動加劇，中間夾雜肺部結塊的痰，躍躍欲試地噴出。過去半年多的準備，以及上山後這十七天謹慎的飲食、緊繃的賽道練習，過程中遇到急性高山症發作……這所有的努力，都是為了確保今天：五月二十九日清晨七點，我依然能夠站在海拔五千四百公尺基地營的起跑線上！

我與剩餘的二百零二位四十二公里全馬選手、十四位六十公里超馬選手共同感受著某種存活者氣息，因為此刻的我們，就如同經歷昆布冰河死亡的試煉還未陣亡地站在聖母峰八千公尺南坡處，渴慕遙望著八八四八，而誰也沒把握最後這幾個小時可否成功抵達世界頂端。這時我領悟到，聖母峰馬拉松的開賽日不在今天，早在我們踏上這座山的那刻起，這場競賽就已經開始。

頭頂盤旋的直升機聲響，不斷殘酷地撞擊耳膜，警示我們還未開賽前已被送下山的選手。前五十公尺踏出的每一步，我不時想起那位魂斷在四千九百公尺處的新加坡女跑者，以及前日大帳前看到另名日本女跑者慘白的臉……我再次告誡自己：「千萬不能受傷，控制呼吸，觀察肺的狀態；想辦法先降至五千公尺以下的海拔吧！」

賽道最前面五百公尺充滿著滑泥尖銳、大小不一的冰川石礫，每踩一步就會往前滑動三步，再往前，會有一段需要徒手下坡後再往上邁向類似山稜線般很窄的岩崖路徑。前幾次練習時，登山杖總是三不五時卡在岩隙反而成為負累，尤其往下的岩磧因底部是冰河，所以要靠身體的力量去平衡，避免滑倒，因此運用雙手的活動助力反而會加快速度，我決定從基地營到高樂雪不用登山杖。

而在一開始的五百公尺，我除了試圖與發炎的肺、喉嚨相處，腦袋也在鎖定「模式」，因為我面對的是一種全新「模式」。

盡全力跑在稀薄空氣中

我不是職業選手（因為職業選手應該不會有所謂的模式設定，每場賽事唯一的目標就是突破自我成績與爭取傲人名次吧！），過去兩年多開始參加賽事，對於每場賽事我會有「模式」般的設定。舉例而言：這次是要拚成績？還是任務在身（陪跑）？自我訓練（設定某種達標狀態）？或是純然歡樂跑？

當設定好「模式」，整個身體分子細胞就會切換至所設定的模式狀態。然而眼前這場賽事難度，讓我早就對它無法有追求個人成績的浪漫想像，它是全世界海拔最高的馬拉松，這座山屬於尼泊爾本地人的驕傲，與國外菁英越野好手的殿堂。以我的跑齡、山齡、越野資歷來看，我是在越級打怪，更確切的事實是——這個賽道是有生命危險的。

但，我也不容許自己吹著口哨、看風景，健走完成賽事。其實用走的更危險，這段從基地營至南崎往下健行路線原本是三天行程，如果一路走，勢必會拖到很晚，而且有很大機會是走不完的！

那我要什麼？

我的目標是安全完賽回到家人身邊。但，我想「盡力」完賽。內心深處的我想用力！我想用力、盡全力地跑進這稀薄空氣中！

所以當結束從基地營最危險的岩隙冰河地形，進入高樂雪海拔五千一百七十公尺，四點六公里的末端平原，我開始加速！肺，只剩喘息與劇烈的疼痛，每次咳嗽，兩側肋骨急速緊縮。

第一批菁英選手，早在我們於五千四百公尺海拔掙扎時就到了羅布恰，因此我的前方原本並無太多選手，但此刻這段高原區，後方陸續有選手追趕上。編號「一××」壯碩的西方女選手有如來自北海冰川的航空母艦，破冰般的經過我，穩健航向前方，她的身影像是北海女王君臨天下，不疾不徐，每個腳步都踩得好深；另一名穿著黑衣的長腿法國名模（因為她身材看起來活脱脱像是時尚雜誌封面的模特兒），細長的雙腿如非洲羚羊，輕巧快速跳躍穿越了前方。

此刻我不禁用眼角餘光快速地向後瞥，看到後邊或跑或拿登山杖疾行的選手們，三三兩兩有如突擊隊的隊形散布高原各方，正試圖往前襲擊前進。後面另一名亞洲女生撐杖擊地的聲響好似炮聲隆隆，正快速緊逼追趕！

現在，只剩下短短的六百公尺，就準備進入下一個五公里。我與尼瑪算過，從基地營到羅布恰海拔四千九百四十公尺總共九點六公里，預計最慢在二點五個小時內到達，而目前花了一個小時。我告訴自己：「還在時間內，不要慌、不要急，先保持體力，試著控制胸腔反應，要穩定！」我已啃掉了三包含水能量凍，然而眼前一圈半的操場距離對我而言竟遙不可及，短短二百公尺的上坡讓咳嗽更加劇烈，我試著用步頻來緩和不斷的咳嗽。

尼瑪從我身後「走」了過來，說：「陸，妳還好嗎？妳現在咳得更厲害了。」

我喘息地說：「還好，」然後笑著看他：「尼瑪，你用走的都比我用跑的快！」尼瑪緊皺的雙眉聽到這句話鬆了一些。接著，我邊喘邊開玩笑地對他說：「回到台灣，我要殺了你弟弟；雪霸告訴我很簡單，只有到南崎前有一段長上坡，其他都是下坡！而我現在明明在上坡，而且已經不知道是上第幾個坡了！……你去跟蘇芬說她要另外找老公！」

張雪霸與蘇芬。尼瑪的弟弟雪霸娶了台灣女生蘇芬，是一名可愛活潑的台灣女婿。決定跑聖母峰馬拉松前我曾經諮詢雪霸關於賽道狀況，確定參賽後由雪霸安排馬拉松賽程，雪霸十分盡心負責，並動員雪巴家族照顧我。（張雪霸提供）

用我內在的光向你致敬

去年我與慧萍出發到喜馬拉雅山前，雪霸問我們：「哥哥（尼瑪）說可不可以多點人過去？要不然妳們兩個人跟他那麼多天，很快就沒得聊了！」那次旅程尼瑪話不多，他是一位沉穩稱職並令人心安的嚮導，溫暖而銳利的雙眼發出淡淡琥珀光芒，他可以在這片山找到我前十秒掉下的迷你別針。

整段旅途快結束才知道我與慧萍「Too slow（太慢了）」！在這種「太慢」狀況下成功登頂六千一百八十公尺的島峰（其實那時尼瑪的錶顯示我們是在海拔六千二百公尺），這件事在喜馬拉雅山區小村落傳開，他們覺得我與慧萍的登頂實在太神奇。然而，真正神奇的是尼瑪！他是如此有耐性來面對我與慧萍的「太慢」，並盡全力保護我們！所以這次來跑「聖母峰馬拉松」，我唯一的要求就是——尼瑪，我指定尼瑪必須做嚮導。我告訴雪霸：「只有尼瑪在這座山可以帶給我安全感。」只是憂慮這次人更少，就我跟他，我們會不會半天就沒話說？然後，突然覺得自己很笨，竟然會問一個雪巴人（雪霸）：「聖母峰馬拉松好不好跑？」

終於，在二百公尺的上坡之後是直下陡峭的岩坡。

這段路遇到陣陣的犛牛群，以前遇到時我總會安靜地讓路，聽著那溫潤清澈的響鈴停駐片刻，讓腦袋再次記憶此生難以見到的風景。而此時我只想讓重力幫助身體不再耗力地找出其他路徑往下行進。

尼瑪與其他從基地營撤退的大隊馱夫，熟練避過被犛牛占據的山徑，在巨大岩塊中跳躍奔走。當發現趕上比我們早一小時出發的馱夫隊，我頓時腎上腺素分泌，也隨著這群人的身影在岩塊中躍奔。途經紀念碑平緩地勢，這群馱夫停下休息，我對著他們揮手大喊：「Namaste！」（你好！）然後與尼瑪持續以這個速度朝羅布恰前進。

那句從心肺大喊的：「Namaste！」在我心中不只是一句「你好」，它也是「謝謝」；它是我對遺留在這裡的人與聖母峰深刻的尊重告別。因為一旦穿越紀念碑繼續往下便是較為平坦，布滿大大小小冰磧石如月球般的荒涼土地，這也意味著你正一步步地離開聖母峰。（「Namaste」是印度梵文，原意為：「用我內在的光禮敬你內在的神性火花。」在山上見面都是以「Namaste」問好。）

這時我右手從越野袋下方的小口袋拿出兩包GU能量包，熟練地用牙齒撕開破口直接吸吮，結束再把垃圾塞回上方側袋，目前我已經吃了五個能量包以確保體力。這段期間我有輕微的營養不良，因為擔心環境衛生會導致腸胃問題甚至食物中毒而影響參賽，因此吃得非常謹慎。過海拔三千五百公尺後不碰肉，餐餐只點蔬菜（但不含馬鈴薯）配米飯或麵，然而山上菜類的分量不多，大部分是醬汁混著幾「根」青菜，不足以負荷每日訓練的消耗，身體最後只能自我燃燒來維持體力。可以感覺自己瘦了。（在此地馬鈴薯的料理方式油膩，會在體內產生氣體，因此跑步不建議食用。）

今天至此，我幾乎每二公里就吃補給，邊吃補給邊持續往前。當抵達羅布恰，遠遠看到那時高山症發作休憩的小屋，我看了錶，這九點六公里花了二小時。此刻，終於降到五千公尺以下，但我卻毫無感受任何海拔下降，血氧稍微提升的甜蜜滋味。

1

2

1 從基地營底層的冰河出發。

2 奔馳在全世界最高的冰河、冰瀑、冰川之中。（Photo by Anuj Adhikary）。

3	1
4	2
5	

1 賽道最前端的岩隙冰河地形。

2 從基地營內部到外部插旗處，布滿巨大岩塊的賽道。

3 基地營插旗處，當時以為這裡是開賽點。

4 逐漸邁入高樂雪的賽道。

5 進入高樂雪高原。

2 1

1 二百公尺的上坡後是直下陡峭的岩坡。

2 「Namaste！」（你好！），告別聖母峰朝羅布恰前進。

5月29日

賽道第二段：羅布恰（Lobuche）

海拔：4940 公尺 / 9.6k

直線距離 11.9 KM

巴伯路（Bibre Loop）

海拔：4349 公尺 / 21.5k

賽道第二段

第二次來到尼泊爾，從加德滿都充斥著動物、車輛、廢棄物與寺廟裊裊升起的熏香，伴隨入山後雪松水霧、茶棚馬驢、犛牛糞便交織出樂天順命的國度，我逐漸適應這裡的風土民情並理解有許多事物是充滿變數的。舉例而言：相較盧卡拉的班機時刻表，賽道臨時性的變動或正式起跑線在開賽前一晚才確定都是很自然的事，沒什麼大不了！（盧卡拉機場的班機起飛完全是看天候狀況，班表是參考用的。）

在大會發的小冊中，羅布恰有第一個check point（檢查點），但我完全毫無頭緒在檢查點需執行的動作程序是什麼？（三天前曾向主辦單位詢問關於check point相關事宜，唯一的共通回覆是：1、選手需確認自己的號碼在check point被登錄。2、巴伯路（Bibre Loop）是最重要的check point，一定要索取手環，沒有手環到終點不算完賽。）

遠遠看見一個摺疊小長桌，後頭站著三名工作人員；在距離約一百公尺處，我邊跑邊問尼瑪：「該停下嗎？」尼瑪說：「不用！繼續往前。」

雖然不準備停下，但下意識地朝向摺疊桌方向趨近，當接近工作人員時大喊：「113（手指T恤前方號碼布）！」再用誇張手勢比了：「OK？」看到他們對我示意點頭，才完全放心地繼續前進。

我問尼瑪：「你怎麼知道這站不用停下來？」

尼瑪指著前方四、五位選手，其中還包含兩位尼泊爾裔：「我剛從山腰觀察他們，沒人停下來。」

持續向前，腦袋同步思考著下段路程，印象中進入村落左轉會有土路與石塊階梯，然後很快地就出村接到另一片平坦荒涼的美麗高原，接著會在一顆巨石上看到練習賽道時所標記的藍色標籤，要記得直走。高原中有二、三座茶棚，我與尼瑪曾經在其中的一座茶棚喝茶，然後再接著一段長上坡……的確，進入村

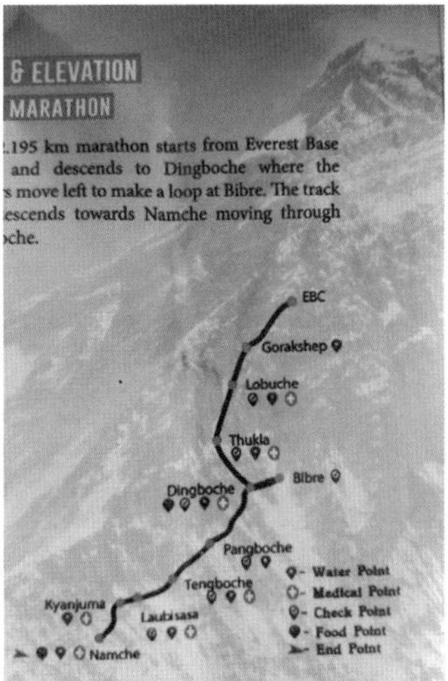

大會發的小冊。

莊後很快地出村，也看到當時那塊標有藍色標籤的巨石，正當我對缺氧的腦細胞重懷信心，準備跑向前方練習過的路線時，尼瑪大聲疾呼要我轉向另一個方位。

我問：「發生什麼事？記錯了嗎？」

尼瑪說：「沒有，但路徑改了！」

我說：「了解！」（雖然很順命地理解，但不安地還是問了一句。）「接下來這段困難嗎？」（問完後，馬上覺得自己多此一舉。）

尼瑪回答：「還好，通過這段『小』上坡，前面就平了。」

原盲的錯覺

自從踏入這座山，關於跑步的方式與心法，我有不同層次的領悟。

第一個是下坡，以往我的下坡只有一種跑法：純然美式灌籃的爆發力向前直刷。在這裡，這種跑法過海拔三千五百公尺後，直接吃土的機率比較大。

第二個是視角，平常會慣性直視前方五十公尺約四十五度角。而上週練習賽道飛天摔後，我完全接受尼瑪的建議：「緊盯腳下的每一寸路。」

我從控制身體、賽道的慣性，轉換成與身體、環境的相處。

當我視線從寸步不離的腳尖處仰起，看著眼前這段「小」上坡，不禁嘆了氣，喃喃地說：「需要登山杖了。」於是從胸前開始把越野袋解扣，拿出後側的登山杖。

目前海拔往下降了五百公尺，我咳嗽的狀態並沒有和緩，只是用奇特的方式與步頻融合。但前段下坡加速可能過度換氣，導致橫膈膜也產生痛楚。但相較胸腔口鼻撕裂性的痛，腹部的痛微不足道。然而尼瑪獵人般的眼睛，正敏感注視我微微顫抖的腹部。

尼瑪問：「陸，妳的袋子給我背好嗎？」

我回答：「尼瑪，我是選手，我要背著自己的袋子。不要擔心，我可以。」

說完，我便專心看著地上的石頭、數著節奏，試著讓登山杖更有效率地爬升，用意識與自己的腹部對話：「嗨～我知道你辛苦，但沒事的，讓我們一起努力、快一點完成，只剩幾個小時！」

緩緩爬升，我保持設定的節奏陸續經過兩位選手，此刻突然聽到身後的美國男選手發出咒罵聲，尼瑪訝異地往後看，我想～他累了吧！因為我也開始進入懷疑自我的狀態……

依目前補給的頻率，以及海拔下降到四千九百公尺，我不明白為什麼速度還沒提升，於是憂心問了尼瑪：「我們的速度ＯＫ嗎？」尼瑪笑著看我：「如果依照現在速度，應該可以在南崎前的上坡路段超過一些人。」終於在爬升後抵達高原，天啊！那是一片連綿無盡的高原！我的視覺震懾產生「原盲」的錯覺，有三秒的時間無法分辨顏色，失去空間感。

我問：「尼瑪，要往哪裡跑？」

尼瑪迅速指了靠左的方向。

此刻在這無邊境的高原，我想起了那時跑在戈壁風車陣的景象，
也想起了戈壁競賽日的最後一天……

想起戈壁馬拉松那一天

在戈壁上，有一段路看似平坦，跑起來卻無止無盡，巨大風車一整排立在邊上轉著，當你試著盯望下一根風車作為目標，你會覺得看得到，卻怎麼還跑不到的錯覺，逆風與側風的拍打會讓你的雙腳移動緩慢。那時是競賽日的第二天，團隊的目標是「台灣第一」，但在前日卻已落後台大（那屆台灣出賽的學校共四所），但，我們並未放棄！我深信在這條賽道的任何隊伍，也沒有人放棄。

到了競賽日最後一天，我的體能耗竭嚴重掉速；連續三天跟我跑在一塊兒的女隊友小紗想拉起我的手提起步頻，我卻連碰都不敢讓她碰，因為整個身體意志都在撞牆，我擔心失去平衡感會讓我們兩個都跌跤。而那時，團隊中另一位男隊員S帥遠遠見狀，他不顧自己腳皮已經脫了一層，血水都滲出鞋外地追趕上來，作勢要拖拉我，我揮著手跟他說不用，因為我心想他已經受傷，前面的上坡對他而言會有多痛！而他完全不管我的反應，直接把繩索扣在我身上並告訴我：「妳的成績比我重要！」說完就往前上坡衝了二百公尺，到了丘陵頂端把繩索鬆脫，一把將我推下並在身後大喊：「不、要、停！」我那刻爆淚地往前衝，一路到終點都沒有停。

（photo by：李合偉）

我不要停

我、不、想、停！戈壁那次我不想停，此刻的我也不想停。

我必須要讓自己更有企圖，我不能只想著完賽，我需要讓自己更積極點！

現在這裡，只是個比較大、比較高一點的風車陣……會到盡頭的！

從現在開始，試著不要讓任何人超越，反正厲害的，都已經跑在最前面了……

從現在開始試著去超越！我不要停！

瞬間，我的眼前變成了一幕電玩場景——我正在高原上奔跑打怪，我是一位混血公主，有百分之二十五的雪巴血統，旁邊的雪巴戰族勇士正守護著我，我們為了族裡的命脈榮耀正奔向前方執行插旗任務！

跑著、跑著！

高原飄來一個長髮男人，遠遠地便可聽見他中氣十足迴盪在四周忽近忽遠的笑聲，我心裡想著：「哇！這位是好國際化的黑白無常啊！」（因為他長的樣子與飄忽方式讓我聯想到黑白無常。）

黑白無常說：「嗨！親愛的，妳好。」

我說：「你好！」

黑白無常的步伐十分特殊，腳長手長踏步輕盈，移動時是平行移位，沒有重量在底層。因為不想被超越，我試著在不爆速的狀態加速跟上他。

我問：「你預計多久完成？」

黑白無常說：「哈、哈、哈，官方時間八小時！」

我問：「官方時間？？什麼意思？」

黑白無常說：「因為我是八點出發的！」

我問：「什麼！不是七點開賽嗎？為什麼你八點才出發？」

黑白無常說：「哈、哈、哈！因為我在處理馱袋……哈、哈、哈！哈、哈、哈！」

笑聲中，黑白無常又把距離拉遠。

我滿臉狐疑地看著尼瑪：「這個人好特別，他的步伐好厲害。」

尼瑪說：「他就是那位『俄羅斯人』啊！」

我說：「哦～原來如此！那位厲害的登山家。」

前日在選手村大帳才聽過他的名號，因為除了許多國際越野、馬拉松好手來參賽。有位爬過好幾座八千公尺大山的「俄羅斯人」也來參賽。好的，先專心跟住這位厲害的黑白無常吧！目前速度沒爆掉，不用刻意再加速拉近距離，我仍需保持體力，並維持目前身體可控的疼痛指數。

高海拔的撞牆期

當進入電玩狀態後，因鼻水、氣壓導致的隆隆耳鳴變成充滿力量的戰鼓聲，我彷彿聽到雪巴語的吟唱從高原彼端傳來：胸口疼痛是中了毒箭，雪族精靈已經幫我敷上勇氣之氧，藥性的力量隨著心臟跳動忽明忽暗，閃著雪晶體透亮的光芒，當海拔越低心臟的跳動越強，痛楚就會減少。

終於，高原整片地勢開始往下，隱約在某些角度可以看到遠處山谷間的村落。

突然聽到尼瑪對著右側較低的矮樹叢吹起了奇亮無比的哨音，原來是剛在身後咒罵的那位美國選手衝動哥，他有著像火影忍者般滿頭豎立的金髮，臉上表情一直在很激動的狀態，而他正往右側的山徑直衝……尼瑪再度對他吹了響哨！之前，我練習賽道跑錯路徑差一點跳山時，尼瑪也是對我吹了同樣的響哨！

對著那頭，我大喊：「喂～你跑錯路了！」（衝動哥還是不停……）

「你、跑、錯、路、了！」（天啊！這是這段時間，我最用力說話的一次……好喘。）

終於，衝動哥停下來，繼續往右側更邊邊看了一眼，然後轉身朝我們的方向過來。

確認衝動哥安全後，我與尼瑪再度啟程。經歷一段長緩的下坡，終於下降至海拔四千三百五十九公尺的丁布恰村落，但此時已不見黑白無常的蹤跡。靠近丁布恰的補給站有熱湯，補給看起來十分豐富，但我不敢碰，下意識拿起自己的能量包，邊跑邊吃地持續往巴伯路前進！我心中低吟著：「天啊，只剩三公里就快到二十一點五公里的折返處！」（丁布恰這站是聖母峰馬拉松的大點，稍早半馬的開跑處也是從這裡出發。）

在其中一段狹窄石牆側縫的賽道處，開始碰到前段選手已從折返處陸續返回；因此我知道與前段菁英選手在此刻的差距最多六公里。逐漸地，過了十五分鐘離開村落，村落外延伸的整片像是一個開放性河床，布滿大大小小石塊，中間還穿插著小溪。太陽強烈直射地面，光線的反折讓眼睛有點睜不開，凹凸的地表讓腳步蹣跚，我開始覺得跑不起來。

再過了十五分鐘，剛剛救援的衝動哥竟來到我身旁：「謝謝！加油~妳很棒！」

我疲憊著說：「謝謝。（然後指了尼瑪）你，要謝謝的是他。」

看著衝動哥，我覺得他的表情在太陽蒸烤下失去一些衝動，同時，我也發現，我的電玩畫面正在解離中……（怎會這樣？）我看著錶上的數字，每一個移動都變得很緩慢。而我的動作、雙杖的移動，全都像是慢動作，停格似的一格一格逐步移動，我的身體想控制讓它快轉，卻轉不起來！……不是到二十一點五公里折返處才三公里嗎？（此刻我內心OS的聲調也像壞掉的留聲機般轉不下去。）

原來，高海拔的撞牆，像是溫水煮青蛙般毫無知覺，正當進入彌留狀態，一個熱情的擁抱親吻驚醒了我！原來是在選手村認識的波蘭王子。

波蘭王子會說一點中文，黑髮的他氣質高雅，有著中歐春日般的笑容，他與其他三位朋友一起來參賽，其中一位友人是他的教練羅伯・克林斯基（Robert Celinski），羅伯也曾是聖母峰馬拉松「外國」男子選手的成績紀錄保持人。我們五個人在選手村大帳喝茶瞎混了一個下午，他們也幫台灣拍了世大運加油影像。

波蘭王子：「看到妳了！（隨即一個大擁抱，親了臉頰）怎麼了？」

我說：「喔！」（愣了一下）然後初醒般的回答「呵呵！我還好，折返處還遠嗎？」

波蘭王子說：「快到了！妳沒問題的～姊妹加油！我們今晚南崎見！好嗎？」

我點點頭，「好的！一起加油！」

終於來到21.5公里的折返點

兩人擊掌互道再見後，我看著尼瑪的背影走向前到他身邊：「尼瑪，我這段是不是too slow（太慢了）？」

「太慢（too slow）」已經變成我與尼瑪之間的一句特殊語詞。其實，連續這麼多天的相處，此刻我跟他的默契，只要看著他的身影，也知道他在想什麼。

尼瑪沒跑過馬拉松，所以他不知道撞牆是怎麼回事，此刻他憂心的是我的身體狀況，他可能擔心我是不是肺太痛，整個身體已開始虛脫。

尼瑪沉穩地說：「是的，這段太慢。」

我：「你可以告訴我，我沒事，你不要擔心，好嗎？你是我的眼，幫助我控制時間，我要在天黑前到達南崎！」

然後吸了口氣，我轉向走到旁邊的石塊上看著他：「尼瑪，我要撤掉衣服！」隨後我便動手把外層刷毛長褲、運動保暖背心、厚帽全部撤掉。撤掉後，我給尼瑪一個大大微笑，繼續在石頭上吃了G坐了三十秒，再度吸氣跳起：「呼！我好了！我們走吧！」

告別我這輩子最緩慢的二公里，雖然這條路依然困難，但我一路不時模仿尼瑪的跑步動作，試著逗他開心，讓他知道我真的沒事，然後我們都笑了。

終於遠遠地，我們看到形單影隻的帳篷前站著一個人，然後有一個大大數字牌「二十一點五公里（21.5k）！」我眼淚隱隱地冒出眼眶，整個激動快從鏡片後蹦出！接著我死命往前跑——大喊：「113！我是113！」終於到達巴伯路海拔四千四百三十九公尺，拿到這條薄薄的緞帶手環！套上後，左手深深地把它塞在右手的手套裡……好怕它掉了。

折返點轉身後，我的腎上腺素開始分泌，解離的電玩畫面，從四周稀薄的氧氣中逐漸回復合體，腦袋很清醒，體力依舊充沛，腿的狀態完全OK！雪族精靈敷上的勇氣之氧此刻完全發揮功能——因為我毫無痛覺！而且我知道，接下來的數字只會減少，我離南崎越來越近了！

這位是安靜哥，不是衝動哥。

5月29日

賽道最後一段：巴伯路（Bibre Loop）

海拔：**4349** 公尺 / 21.5k

直線距離 **21** KM

南崎（Namche）

海拔：**3550** 公尺 / 42.195k

這是向尼瑪致敬的方式

最後了！有那麼一刻好像馳騁在風裡，周圍靜止，所有的景物都凝結；空氣如此稀薄，我也覺得自己身體好輕！百分之二十五的雪巴血統，正讓我全身血液全速奔馳中！

心裡再度低語：「聖母峰馬拉松的開賽日不在今天，早在我們踏上這座山的那刻這場競賽就已經開始。」

……而我，已努力到現在。

當下全速前進的我異常冷靜，不停告訴自己：「要小心、非常小心！」河床地面滿布大小不一的礫石，還有細小的植被樹根，雖然距離出發點已下降了一千公尺，感覺可以吸到滿滿的氧，但別忘記，此刻腳下海拔依然有四千三百五十九公尺！（當海拔高於一千五百公尺以上，每上升一千公尺就會讓活動能力下降百分之十。「聖母峰馬拉松」全程都在三千五百公尺以上的「非常高海拔」。）

同時，有另一個小小的聲音說著：「一定要好好的、一定要好好的！這是妳對家人表達愛的方式，這也是妳對尼瑪致上敬意的方式！要記住自己曾寫下的那句話。」

是的，我有尼瑪！

自從巴伯路折返點拿到完成半馬距離的手環後，我與尼瑪雙打合體在河床遍布石塊之間又輕又快地跳躍前行，好像馳騁在風裡。「21.5」這個數字宛如絕世大無雙，我們一路使出大絕，兩個人如一道光線「唰」地直行前奔無人能擋，就連接近丁布恰前的陡坡，都精力充沛地越過前方選手。當經過衝動哥時，他大呼：「真有妳的！女孩！（You go, girl！）」我就在加油聲中揮別河床區的選手群，重回丁布恰結束這折返的六公里，直邁潘布恰海拔四千零一十二。

從丁布恰到潘布恰是一段十多公里的長下坡，我很專注地分解每格路徑畫面，然後隨即輸入下坡的腳程間距。每當我趕上前方跑者或碰到障礙物，尼瑪就會主動從旁趨開另闢一條路徑，我就很有默契地順著路徑再加速跑到前頭。我們不停超越前頭零零散散的選手，逐漸地，在進入潘布恰村落時，我們前方已沒有其他跑者！我向前繼續跑著進入一條狹窄土巷，土巷的右側是山，而左側緊鄰一道高度至腰際的老舊石牆，石牆另一頭是較矮的山徑，從石牆頂到山徑底約二公尺深。

我直覺把臉轉向尼瑪問：「尼瑪，這是我們遇到那隻牛的地方嗎？」的確，這是戲稱喜馬拉雅奔牛節遇到那隻帥氣發狂犛牛的地方，我們再次相覷而笑。

目前海拔已降至約玉山山頂，我們正往伊姆扎可河谷（Imja Khola River）的丹布崎移動，它位於河谷上方的山坡鞍部，在平緩處的寺廟是昆布地區佛教中心。這個區域視野廣闊，望著邊坡天際飄蕩的斑斕色彩旗幟，心中有一種篤定，我知道在天黑前會到達南崎！

盡全力完賽

過了二十分鐘，眼前出現一個熟悉的飄忽身影，黑白無常出現在前方樹道林蔭，他在這條山徑依舊維持了速度但並未加速奔跑，我看了尼瑪一眼，透露出：「哇！是『那個』俄羅斯人耶！」

我們依舊保持定速前進，不到三分鐘超越了黑白無常。在黑白無常前頭是一位身手矯健、體脂個位數，有著一小撮白色山羊鬍的男選手，他下坡時俐落的雙杖像是身懷絕技的丐幫洪七公。此刻我依舊保持定速但手未拿杖，只運用核心穩定的力量平衡身體快速移動，看著他雙杖舞動姿態，我一時動念，還真想拿起雙杖跟在他身後學習——但此刻正在競速，在幾公尺後他正加速地想擺脫我，這時尼瑪雪巴戰族的狼性爆發，他用眼神示意要我跟在他身後，我們直接轉道跳下從灌木叢延伸的陡峭小徑，直接繞到了洪七公前方，此刻換洪七公緊貼著我們，並順著我們跑的路徑跟著跑。

一路上我們與洪七公就像是在比劃武功，從山巔之緣比試到雪松之徑，途中竟聯袂超越了一些選手，而這些選手在開賽前段不久後我就沒看過。這時我知道，我們已趕上除了在地人與菁英選手外的「中間選手」群。

逐漸地，前面是岩塊峭壁勾勒出的之字路道，過了兩段之字道尼瑪突然縱身一躍，快速地下到一塊石壁，伸手抓住左側平行凸出的峭壁岩石，然後跨到另一頭往下奔去，我毫不思索地快速跟上！

這段在賽道練習時我有試過，沒抓好山壁凸出的岩石有可能會掉下山谷，因此洪七公並未跟著我們上這段壁岩，之後，也未再看到他的身影。現在我們抵達勞比莎莎（Laubisasa），準備邁向聖母峰馬拉松最後一段長上坡。

已經有一段時間在賽道並沒有看到其他女選手，但前方不遠處陸陸續續有四名正行走著，其中兩位是在海拔五千一百公尺高樂雪前遇到的北海女王與法國名模。這段「上坡」，是雪巴人都承認的上坡，但此刻我想在不爆速、繼續保持體力的狀態下，撐到上坡可到的最大速！

我試著找高低差較小的間距石塊，保持小跑定速往上。沒多久我就超過這四名女選手，但，與其中一名的距離，一直無法大幅拉開。我心想：「沒關係，到康朱瑪（Kyanjuma）路就平了，而且那邊的路我認識。」我現在完全具備最後衝刺的能力！然後告訴自己：要盡全力、用力地完賽！

沿路上，我持續地補充能量膠，現在袋子裡只剩四包，水袋也快沒水了。而尼瑪不時到路邊的水泥柱轉動簡陋龍頭，用去年我給他的紫色水瓶補水。

我：「尼瑪，那個水可以喝嗎？」

尼瑪略顯疲態，笑笑地看著我：「我是不會叫妳喝，但我是雪巴～我的胃是鐵胃！」

我跑在全世界最高、最偉大的山脈

不久，路開始平了，看到熟悉的景色，我全身的肌力、細胞，從每根頭髮到每根腳趾頭都呈現高度衝刺狀態！我很清楚自己的生理「跑線」，在正常狀況下，跑馬最後的十公里我會加速衝刺。而其實這場賽事，我們從折返處回程就已經開始在提升速度，因此現在只剩下最後的五公里，我更無所顧忌地往前奮進！

腳步奔馳著，南崎村落的天空、田莊就在前方。大概過了一點二公里，尼瑪突然從身後喊著：「陸，妳繼續往前，我跟妳在南崎碰面！」

聽到之後，我馬上停下，轉頭看著尼瑪，才發現他的神色不對勁，黝黑的皮膚失去血色，嘴唇蒼白。這時有個金髮綁辮的女選手正輕巧地超過我們，尼瑪眼神焦急地要我去追趕，不要管他！

但我沒理會他的催促，反向回頭走到他身邊問：「尼瑪，你怎麼了？不舒服？你是不是肚子餓了？」

我下意識看了錶，才驚覺：「天啊！現在是三點多，中餐是他的主食。我幾乎沒看過尼瑪在這座山大量補給過，但跑山跟爬山消耗的體能不同，更不要說這是他這輩子跑的第一場馬拉松。」而他現在神色就像去年我們一起爬島峰遇到落石的狀態。

這時我走向他，用堅定口吻說：「尼瑪，沒關係，你先吃東西，我等你。我不管現在有多少人超過……現在天還是亮的，我已經做到，不會有危險了！……尼瑪，請給我機會，讓我們一起完成，好不好？我想跟你一起完賽！因為進終點線後，我要對你做一件事！」可愛的尼瑪聽到我要對他做一件事，整個眼睛都亮起來，於是開始搜著包包，拿出開賽前我給他的能量餅乾快速啃起來。

看著他急切補給的樣態，我說：「你還有東西嗎？我知道你不吃能量膠，但餅乾分量不夠！」

尼瑪說：「我還有巧克力在口袋。」

我說：「好，那我慢慢跑，你慢慢吃？」

尼瑪說：「沒問題、沒問題，我現在沒事了，妳看看～妳的能量餅乾好厲害！我現在可以跳了！」

尼瑪做了一個活力十足，雙肩擺動的戰士舞蹈動作。然後我笑著看他點點頭說：「好，那我們出發！我們一起慢慢跑，不用衝！」說完後，我與尼瑪開始緩緩地跑；同時，我從前袋把旗子拿出握在手上，準備進入村落就把它撐開。

此刻跑在這段路上，我完全不覺得喘，想到第一次在同樣的路徑練習，才慢跑三公里就覺得快斷氣……而現在，雖然我肺部極度痛苦，空氣有如刀鋒般的劃過鼻、咽喉、氣管、支氣管，向下深入肺泡，這個過程雖然痛，但奇怪的是我不喘。往前的路，只剩下風，溫柔輕撫、穿透我痛楚的身軀與臉龐。

想著媽媽，待會兒到村落後要趕快跟她聯繫，讓她放心。想告訴她，我的堅強、脆弱、溫柔、熱情，對世界的想像渴望全來自於她。

想著小偉，不知道未來某一天他會怎麼樣記憶我？小小的他，給了我好大力量。

還有，想著在賽前就不幸去世的那位女選手，以及今天沒機會站在海拔五千四百公尺處開賽的選手們……

我跑著，跑在世界上最高、最偉大的山脈上。

八個多小時，身邊景物從高山冰川、遼闊的冰磧高原風貌，轉變為綠意濃密的高山森林。跑鞋穿越鋒利尖銳的冰河、壯闊俊美的雪山、融冰泥濘的黑土、岩塊碎石的土粒、清澈溪流與叢林，以及有如田園畫般的深山峽谷。指尖，從清晨在基地營冰河上掀開睡袋的瞬間冰凍，到此刻靠近南崎空氣中可碰觸感受陽光的溫度，這樣的變化很不真實；同時，從風中飄來陣陣村落傳來的歡慶聲也很不真實。

「快到了嗎？……真的快到了嗎?!」

血液隨著遠處聲響跳動沸騰，我持續平緩穩定、但逐漸加速地跑著，跟尼瑪一塊兒跑著。

雖然腳步冷靜平穩，但我握著旗子的手卻微微激動顫抖。

當進入到南崎，踏上第一個石板階梯，眼淚順著往前奔跑的步伐，從臉龐掉落出來，那是最後的二百公尺！我奮力撐開手中的旗向前跑，然後左轉、再右轉。每次轉身跨步都在告別，告別過去的怨懟、不捨、苦痛。每次向前跨步也在擁抱，擁抱思念的家人、朋友，甚至每一個曾經我愛與愛我的人，不管他們是不是在這座山上？是否還在這世界上？我相信此刻他們都在終點線等待我。

最後五十公尺了，那是一條石板階梯巷道，其中旁邊左側有一間屋子裡擺著撞球桌，而今天已被人群擠滿看不到裡頭。兩側人群正高聲歡呼著，南崎巴札從清麗的農村姑娘變成冶豔的派對皇后，我只是專注地向前，一步、二步、三步……

當閉上雙眼跨過終點瞬間，

所有的激動、思念、不安，

似乎也隨著終點線的紅布條在灰茫塵土中飄落，

我～停了下來。

最強大的勇敢是愛

過終線後，我停了下來、站定，然後緩緩地轉身，

眼睛看著跟在身後一起邁入終線的尼瑪，

當時他正準備拿手機拍我，

在他還來不及拍時，我便對他深深地鞠躬敬禮，

在原地停了幾秒後……再起身，

最後當著會場所有人面前大聲說：「謝、謝、尼、瑪！」

看著愣住的尼瑪，我邊哭邊笑了！

然後……他也笑了！

看到他的笑容，我再次無可抑制地激動，再度轉身，對著這塊土地、這座山，以及尼瑪族人，與會場所有人，再次鞠躬說：「感謝尼泊爾！感謝你們！我，來自台灣！」說完後，再次拉開著揚起的旗在場內繞著跑。環顧四周，現場除了尼瑪，我沒看見任何一個剛剛在腦中浮現的臉孔（家人、朋友，曾經我愛與愛我的人）。但閉上眼，我感受到每一張臉孔的存在……與愛。跑了兩圈後我在場中跪下，激動地掉淚。此刻，終於可以放聲自由大哭！

幾天前我在紀念碑右側的石頭寫下一句話送給自己，那句話是：「最強大的勇敢是愛。」我深信，我會靠著這句話完賽！我想用愛面對恨、用愛面對挫折、用愛面對恐懼！因為那些曾經的痛苦、折磨、挫折，終究都成就了我們！

此刻跪在場中的我，蒙著臉痛哭，腦中滿滿畫面。我想到過去生命中所有不得不面對的告別、悲痛、與不解；還有這次出發時台灣家人、朋友的期待，祝福與擔憂。隻身來到這裡後，受到如此多的照顧——芙蒂紅紅臉龐陪著我跑上山，安泰迪諄諄地告誡如何吃，明瑪、達朗姆，好多人的熱情招待。最重要是尼瑪一路細心呵護，專業沉穩的相伴，沒有尼瑪，我早在練習時就跳山、生病受傷無法參賽。我想到這條令人畏懼的賽道與這座山，還有這一路相遇的臉孔，甚至那位從未相遇在海拔四千九百過世的臉孔。曾經的缺氧呆滯、寒冷疲倦、身體的痛楚……這一幕幕鮮明的畫面，隨著眼淚瘋狂溢出，然後，逐漸地乾涸淡去，最後逐漸地空白。

我彷彿抽離了時空，只剩下唯一的意識……

我，完賽了。

完賽

我、完、賽、了……淚水滿溢不止，腦袋轉而空白；覺得自己的身體好輕、好輕，輕得好虛。就這樣，不知過了多久，耳朵開始聽到周圍聲響，腦中空白一點一滴地褪逝，激動的情緒也逐漸慢慢平撫。我把淚水從混著滿面塵土與鹽巴的臉龐拭去，微微地抬起頭，然後試著從被強烈紫外線烤黑的鏡片向外看，在模糊視線下看到身邊圍了一些人，但沒有尼瑪的蹤跡。

人群中，有人屈身拍我肩膀並用熟悉的國語問：「妳還好嗎？」我用手套再次擦了擦鏡片上的塵土、淚水，回神想著：「這次從台灣出發參加聖母峰馬拉松的選手只有我與另外一位菁英選手周平記大哥，該不會是他吧？」於是望著他說：「你是周平記大哥嗎？」周大哥熱情地對我笑，然後神采奕奕回答：「是啊！我們終於碰面了！」（周平記大哥是來自台灣的菁英選手，也是二〇一七年聖母峰馬拉松男子半馬組的第一名。二〇一七年聖母峰馬拉松「台灣籍」選手共二男二女，其中有兩位旅居海外，四人中三位全馬一位半馬。）

在彼此溫暖問候中，周大哥把我扶起，招呼著拍照，並介紹同行大陸友人與我認識。一旁曾蟬聯好幾屆聖母峰馬拉松女子組冠軍的「馬拉松大姊」安達米看到我便熱情說著：「I love Taiwan! I love Taiwan!」會場中被熱鬧的溫馨包圍。但下意識地，我的雙眼急著尋找尼瑪，心想著要跟他合照！

在四周喧囂的交流中，發現尼瑪就站在攝影群裡默默注視我們，於是我揮著手大喊尼瑪，要尼瑪過來一起拍照。尼瑪走過來後，看著我問：「陸，妳的肺與喉嚨還好嗎？」

原來我正在咳。

但沉浸在完賽喜樂中的我卻渾然不覺，當尼瑪一問，我才頓然感受肺像千萬隻螞蟻啃咬般的劇痛，喉嚨吞口水時已吞不太下，整個喉頭像火在燒！然後低頭翻看套在右手的領巾，才發現鼻涕已是結塊的深綠色混著血絲，而且當我擤鼻涕時，鼻腔與喉頭也不時有血滲出。

我心想：「我需要抗生素。」

於是痛苦小聲地回尼瑪：「很痛！我需要紅色馱袋，裡面有藥！」

「我先帶妳回旅店，妳先休息，喜尼背的黑色馱袋已經到了，但另一個（看起來腦袋不太靈光的馱夫）從基地營出發的紅色馱袋還沒到。妳的腿還好嗎？」

「沒事耶！」我笑著，然後再次看著他說：「尼瑪，謝謝你！」

沒洗澡的日子

在出發前，我以為跑完後會與好多來自不同國家的選手一起喝啤酒、參加瘋狂派對。而現在，我只想安安靜靜與尼瑪吃晚餐，趕快與家人聯繫，然後回房間躺著休息。

離開終點站後回到樓上房間，我開始褪去身上三天的衣服。撕開黏在腿上的PowerMax膠帶，才驚覺身上布滿厚厚的一層鹽巴混著沙土，擦過的紙巾滿是灰黑色。接著脫下襪子，看到更令自己驚異的景象：腳趾頭間黏著厚厚結塊的黑污，我甚至需要用手把黏在一起的腳趾頭扳開，才可以把黑漬清掉！天啊！這是自走進昆布冰河後，令我再次震驚的景象！我用紙巾從頭到腳擦了四次。

這是第十七天沒洗澡，我覺得頭髮已經產生黏度，可以捕抓昆蟲。

換好衣服，開始準備聯繫家人，卻發現無法通訊。也許是身體放鬆，現在咳嗽的頻率狀態極度誇張，咳到似乎要把整顆心臟給吐出來。慢慢步下階梯，想看看尼瑪是不是在飯廳，他的手機可不可以發訊息？結果看到他依然還未換洗地坐在那裡。

馬拉松大姊安達米、我、尼瑪。

我調皮地說：「吃過東西了嗎？」

尼瑪呵呵笑著：「剛受不了，已經先吃了一碗麵！」

「尼瑪，網路斷了？今天是比賽日，我家人一定會很緊張，我想讓他們知道我平安了。」

尼瑪呼了一口氣說：「現在不只沒網路，連通訊都斷斷續續的，剛民宿老闆說這裡停電好幾天，一直到剛剛電才來。」

「這怎麼辦呢？」我皺著眉頭，然後十分憂心，半開玩笑地說：「天啊！無法讓我媽知道我平安的壓力，其實跟跑聖母峰馬拉松差不多！現在，我媽一定、一定、一定是非常擔心的。」

「通訊斷斷續續的，我會試著跟加德滿都的家人聯繫，請他們跟雪霸說，然後讓雪霸試著跟妳家人聯繫？」

我嘆了口氣微笑：「好的！請雪霸跟慧萍聯繫，慧萍有我家人的聯繫方式，謝謝你。」然後心裡想著「順天」。

尼瑪問：「陸，那妳待會兒的計畫？」

我說：「我們先吃晚餐吧！」我不禁看著尼瑪笑了，想到他幾個小時前餓慌的樣子。「然後，記得剛在終點站過來看我的台灣男選手嗎？他是前輩，我想過去他住的地方跟他打聲招呼，謝謝他！然後再到選手飯店拿東西，拿完東西就回來休息等馱袋，我的藥在馱袋裡。」

「好的，我帶妳去，然後妳回來多休息。」

那天晚上，南崎遠遠的一角正開著全世界最高的電音戶外派對，拜訪周大哥後我們去了選手飯店，只看見不到二十名的選手在用餐。我心想：「已經晚上六點多了，該不會有人還在跑吧？」

離開飯店，我戴著頭燈跟在尼瑪身後，不禁好奇地問：「尼瑪，你看得見？」

身上沒任何光源的尼瑪嘴角揚起呵呵笑地說：「很清楚啊！」

我覺得不可思議：「這絕對是人類適應環境演化的結果。」

整個村子此刻就像落在宇宙間黑暗寧靜之中的小船，只有少許燈光四落各處，像眨眼睛般的忽明忽暗。唯獨幾公里外廣場舉辦的派對正發出「轟」「轟」「轟」聲響，尼瑪告訴我這是南崎一年一度最盛大的活動，是為了慶祝人類首度登上聖母峰，與今天的聖母峰馬拉松賽事。我心想著：「今晚應該只有觀光客、加油團或在地人會過去吧？選手應該大部分都休息了。」

當緩緩散步回到民宿後，一到門口，我與尼瑪的心都沉了下來……沒有看到紅色馱袋的蹤跡。馱袋沒有回到民宿。

當下，思緒立刻飛快地轉動：「沒藥，我的身體可以撐多久？替代方案？」「那個袋子除了藥，還有什麼東西？有哪些東西是要還的？」「剩下的馱袋有什麼？衣物夠穿嗎？」想了一輪後，思緒漸漸地緩下來。我告訴自己要平靜，不能急，不可以給尼瑪壓力，而且我知道，尼瑪絕對比我更著急，他一定會想辦法處理。

現在天這麼黑，通訊全掛，他要如何找？今天已經夠累的……而且，他才剛跑完這輩子第一場馬拉松！

我靜靜地看著尼瑪：「尼瑪，我們都先休息吧，反正明天還是會在南崎，謝謝你！」尼瑪看著我轉身，眉頭深鎖，沒多說什麼。

回到房間躺在床上，疲累地合上眼睛，肋骨隨著呼吸咳嗽隱隱作痛。遠處的「轟」「轟」「轟」如此靠近，我的腦袋再度空白，只掛心著媽媽，以及那只馱袋。反側難眠之中我再度張開雙眼，凝視床頭邊窗外稀落的亮光，迷濛之間，我似乎看見尼瑪那雙雪巴戰族鷹眼在遠處的黑暗山巔發亮。

5月30日

南崎巴札（Namche Bazaar）

海拔：3450公尺

留下終點的紀錄

一道陽光從窗外照射進來，從光線裡可以看見細小的塵粒飄蕩在空氣中，轉啊轉的，彷彿太空漫步，我仔細看著塵粒，它們在空氣中愜意地漫步，似乎也在感受南崎海拔三千五百公尺此刻的暖意。現在是早上六點半，過去十八天這個時間我已在戰備狀態的移動，昨夜刻意把清晨四點三十分的鬧鐘關掉，然而生理時鐘依然自動地敲醒我，完全無視我一整晚被迫斷斷續續地起身到洗手間去清除口鼻阻塞物，因為它們分泌快速得讓我來不及呼吸。

我窩在床邊拿起手機試了網路，依舊毫無反應，甚至看到手機電池格數後，我意識到整個村落再度停電了。今天很反常地沒有聽到敲門聲，因為就算睡晚，尼瑪在這個時間點一定會來看看我，並問早餐要吃什麼。但現在已過了六點半，門外完全寂靜無聲。我走下樓到了飯廳，飯廳裡沒有半個人影。轉向右邊的穿堂推了門把，進到廚房看到正在勤奮工作的年輕伙夫。

我說：「早安，請問你有看到尼瑪嗎？」

飯廳窗邊的花，好美。

伙夫說：「好像一早在外頭有看到。」

我說：「噢，謝謝。」唉～我心想他去找馱袋了吧！

伙夫說：「妳需要吃什麼嗎？」

我說：「沒關係，我等他。」

坐在空蕩蕩的飯廳望著窗外，手上紙巾一摺再摺地不停擰著鼻涕與裹著痰，山上物資如此缺乏，每張面紙我都試著擰十次直到無法再用，但很快地桌上還是出現一座白色小丘。一段時間後突然聽見小丘背後的門把轉動，我興奮地伸頭張望：「是不是尼瑪回來了？」

結果眼前出現一位年輕雪巴女孩，身上背著大袋子，手上抱著一台老舊的單眼相機，看見我後像見到熟識的人，盈盈笑著開口說：「嗨！我是黛陽清（Dayangee）。」

我滿臉疑惑地望著這張美麗清新的笑臉，她的氣息就像喜馬拉雅青青山邊微甜的空氣。然後她繼續說著：「尼瑪？」當聽到尼瑪，我立刻點了頭。「尼瑪是我舅舅，我是芙蒂與安泰迪的女兒。妳是陸吧！」

「哦~我看過妳的相片！妳好，妳怎會在這兒？」我立刻起身要她把袋子放下過來坐。黛陽清走向飯桌，優雅地把袋子放下：「我昨天就過來了，明瑪舅舅請我拿相機到終點拍妳。」

「什麼?!妳從山下上來！昨天怎麼沒看到妳?!」

「我昨天中午就到終點，站在線邊坐著，一直等、一直等、一直等，因為我不太清楚妳是哪一個？所以一開始很努力辨認，仔細看每個跑進來的人，後來看著、看著太累，就開始打瞌睡，然後突然聽到『尼瑪』，立刻清醒，拚命按快門，也不知道拍到什麼。」

我頓時感動地邊咳邊笑說：「對不起，我該努力早點跑回來！真的對不起！妳後來怎麼沒過來打招呼？」

黛陽清說：「我有找尼瑪舅舅說話；要過去找妳時有人圍著妳，看妳在忙我就先走了，想著晚點直接在民宿碰面。但後來我發現你們不是在我住的那間民宿，一開始我以為你們會住那兒，到了晚上過去廣場派對那邊找啊找，也沒看見你們蹤影。」

「那妳怎麼找到這裡兒？」

「今天早上問了我住宿地方的民宿主人，他認識舅舅，他告訴我你們應該住這，因為你們幾天前在南崎也是住這兒？對不對？」

「是啊！昨晚妳去廣場那邊，人多嗎？」

「很多人，但大部分是當地人、觀光客，應該沒什麼選手。」她微笑接著說：「選手的身形跟感覺是不一樣的。妳要看昨天我拍的照片嗎？」

「好啊！」

黛陽清開始用一隻手流利地操控單眼相機，播放她拍的照片。

看到畫面，我平撫的情緒再度微微波動，眼前這位女孩，花了三、四小時從山下走到山上，只為了等一位陌生人進終點，然後又等了三、四個小時拍下那不到三秒的瞬間……我看著照片感動到說不出話來。

她笑咪咪的雙眼望著我，「對不起，沒有拍得很好，也來不及多拍些照片，因為一切都發生得太快。」

我滿心感動地望著她，「不要這麼說，是我要謝謝妳，辛苦了！妳吃早餐了嗎？」

「我吃過了，謝謝！尼瑪舅舅呢？」

「我今天還沒看見他，我猜他去找馱袋。因為我上基地營的馱袋到現在還沒送過來，這種狀況在山中常發生嗎？」

「不常的，怎會發生這種事？我沒聽說過。」

我面露愁容地說：「我擔心妳舅舅累，也不知道他要如何找？」

「他會有辦法的！陸，這裡有幾樣東西，可以麻煩妳交給尼瑪舅舅嗎？」她轉身從袋子裡拿出照相機腳架，還有我從台灣帶來要送給尼瑪的高粱，接著說：「我在摩啾（Mojo）的學校教英文，所以待會兒要下山回摩啾。」

「妳不在這裡等舅舅嗎？」

「這裡室內完全沒訊號，我想到外面那邊試試看有沒有訊號可以打給尼瑪舅舅。」

「好啊，那我跟妳一塊兒到外面等好嗎？」我們起身走到民宿外的院子。

黛陽清握著手機在院子到處走動，有時伸舉、有時向外偏，像在尋找風水寶地，她笑著說：

「有時一陣風或一片雲的瞬間，電話有可能就可以撥得出去，讓彼此通上話！」

我開始看著山巔飄動的雲，指邊撥動著空氣，細細感受風的存在，想著連「通訊」這件事在山上也饒富哲理。

喜馬拉雅山上的113

當我們四處尋找訊號時，一頭牛從容地從右側石階走下進到院子裡，然後熟門熟路地漫步到靠民宿左側的垃圾筒，頭一晃很熟練地把筒蓋打開，從裡頭撈出一條牙膏，開始嚼得津津有味；天空飛來的烏鴉與我跟黛陽清不約而同朝牠看去。

黛陽清看了呵呵笑說：「牠應該是牙齒好癢，想刷牙。」

正當這頭牛面露開心的笑臉大口嚼牙膏時，伙夫從廚房側門急忙跑出，張開雙臂向牠揮舞，牛「哞」了一聲，牙膏從齒邊掉出，向前小跑兩步然後停住，回頭盯著伙夫。伙夫又繼續「喝」了一聲！向前追，作勢拍牠屁股。這隻牛不情願地甩尾，持續小跑回石階上，但走了幾步竟又停住、轉回探出頭。這一人一牛好像在玩一二三木頭人遊戲，我看著眼前這幅可愛的場景，心頭還是悶悶的，心想：「已經快八點，尼瑪在哪兒呢？」結果心裡正想著，突然聽到身後傳來一陣熟悉腳步聲，趕緊轉頭——是尼瑪！

尼瑪滿身汗地從石階跳下，身後跟著一個女孩背著紅色馱袋。我吃驚地看著：「天啊！紅色馱袋！尼瑪，你怎麼辦到的？這太不可思議了！」

尼瑪看起來疲累卻開心地說：「我昨晚又回到上面終點站，結果一直等到十點，馬拉松大會工作人員都已經開始撤掉終點站了，還是沒看見挑夫。我整個晚上睡不著，今天早上五點就出發往上頭的村落找，因為我心想也許是這個挑夫太累，天色暗了就直接待在某家民宿休息，所以就一家一家去找，沿路就問其他挑夫有沒有看到聖母峰馬拉松選手的馱袋，編號是113的？同時也請他們把這個訊息傳出去。不停持續地一直往上回頭找，一家家的民宿持續問，但到下個山頭都沒找到，於是我回頭從另一邊繞回來再繼續問，這樣上下山來來回回跑了四趟。結果剛剛遠遠的，我看到這個女孩站在山腰的一塊大石頭上，伸頭到處張望似乎在找人，所以直覺地向前問，一問發現原來那個挑夫是他叔叔，她叔叔昨天後來走不動，然後跑到她家，請她幫忙把馱袋送來南崎。她說她大概六點半抵達終點站，但後來她等不到有人來認，就在喬克門（Chorkem）找了一家民宿待著，並且把馱袋放在那兒，直到今早再出來探消息，最後站在那顆大石頭上被我看見！」「呼！」尼瑪吐了一口大氣。

這是認識尼瑪以來，頭一次他話說最多的一次，而且中間沒停過。頓時覺得這個畫面有趣，而且感動，同時想著：「終於可以吃抗生素，然後……尼瑪必定累壞了。」

我轉身回頭給這位素未謀面的小女孩一個大擁抱，謝謝她沒放棄尋找馱袋主人！

然後開心地與她跟馱袋拍照，覺得她好厲害，小小身軀一路把馱袋背過來。

黛陽清在旁看著笑說：「其實舅舅更辛苦，妳該謝的是他吧！」

我望著黛陽清邊咳邊笑，回頭對尼瑪說：「當然，我知道尼瑪超級辛苦。」然後笑著對尼瑪再次鞠躬，「謝、謝、尼、瑪！」

尼瑪看著我對他鞠躬，表情卻沒放鬆下來，轉身提起馱袋便直上二樓房間，不讓我有機會碰（原本我要他們去吃早餐，準備自己拿馱袋上去）。但在尼瑪的腦袋中，似乎他要把馱袋定位，才代表工作告一段落。也可能是這個特別的113馱袋在喜馬拉雅山上流浪太久，好不容易找回，尼瑪想要立刻把它帶

背馱袋的小女孩。

我與黛陽清。

到房間，深怕擺在外頭又不見。

看著他與黛陽清在陽光下的背影，我發現我的電玩場景似乎不是想像。尼瑪確實是一位高貴、忠誠、勇猛的雪巴戰士，而在這塊美麗的土地與情感中，我也成為雪巴族的一分子。

回家

賽事結束後的隔天，我們從南崎下行，直接回到恰布隆村落芙蒂的民宿，我就繼續直奔盧卡拉，急忙與家人親友報平安。

過去三天因為電廠發生問題，南崎對外通訊完全斷掉，整天停電。我知道家人會擔心，尤其在比賽結束後依舊得不到訊息，聯絡不到媽媽的壓力並不小於跑一場聖母峰馬拉松。過去三天我就像熱鍋上的螞蟻，跑完馬拉松後壓力還是很大！

回到盧卡拉那家咖啡館後，走進熟悉的玻璃溫室，立刻把手機拿出來插電打回家，終於在賽事三天後與台灣家人聯繫上！在這座山，你可以理解許多事物的可貴：一張衛生紙、一杯熱茶、一格訊號、一分鐘報平安的時間。

我，平安完賽。以九小時三十五分五十八秒完成聖母峰馬拉松全馬。

尼瑪認為如果我的肺沒發炎，時間至少可以再推進一個半小時以上，然而，這一切都不重要。就如同賽日抵達南崎村落前，我望著天色告訴尼瑪說：「我已達標，安全了！」我唯一想做的就是與他一起完賽，並在眾人面前感謝他。

接著後來兩天，我被困在山上。在山上大部分時間，就是待在盧卡拉機場旁的那家咖啡館等待大霧退去，確認是否有航班起飛。（註：隨著海拔升高空氣密度減小，不只是人的身體性能會變低，連飛機的發動機性能也會降低，因此飛機起降需要更長的跑道才安全，但盧卡拉的跑道卻只有五百二十七公尺，為了克服這個問題，盧卡拉跑道採用傾斜式設計，但這設計迫使飛機不能半途放棄起飛，不然會掉進懸崖。另外是氣象條件，這兩天遇到的問題，就是山谷中水氣快速生成形成大霧，使得機場能見度不佳，尤其在雨季，山谷突然產生的雲，可以在極短的時間內使機場的能見度由可見變成完全不可見。）

想著回家……因為真的好想回家。但為什麼還回不了家呢？我在海拔二千八百四十五公尺，全世界最危險的盧卡拉機場——每分每秒想著這個問題。

就這樣等著，等到如果我還下不了山，今晚加德滿都的班機勢必要改。

「尼瑪，有別的辦法嗎？」

「目前最好的辦法是直升機，直升機起飛的可能性較高，但十分昂貴。」

「大概多少錢？現在山上有一堆人都急著下山，應該很容易找到人一起包直升機吧？」

「這個方法可以試試，我來聯繫看看！」

過沒多久，尼瑪示意他已找到，但要等，那架直升機正從加德滿都飛過來。我與尼瑪分別拿著馱袋，再度沿著盧卡拉機場旁的柵欄走下去，只是這次地點是更下頭直升機起飛的地方。

第二次告別盧卡拉機場，不再浪漫地在柵欄綁上布條或旗幟，我已不需要任何事物去證明自己曾存在過這裡。這幾天從機場溢出的人群塞滿盧卡拉，四處都是渴望下山的人，等待直升機的地方像市集。東尼與達哇也出現在那裡，他們兩個人跟尼瑪輕鬆聊著天，但我吃了藥感到疲倦，肺還是痛，虛弱地看著一台台直升機下降、起飛，希望下一台就是帶我下山的直升機。

每當「聽到」一台直升機飛來，我都會興奮地問尼瑪：「是這台嗎？」

然後尼瑪只往天空看了一眼就很快搖頭，問了三台後，我既失落又感到好奇地問他：「你怎麼知道是哪台？」

尼瑪回答：「顏色，妳要搭的那台應該是黃色。」好神奇，遠遠的我只看到小小點狀物，尼瑪是怎麼看到顏色的？他真的擁有老鷹雙眼！

過了一個多小時，一台點狀物優雅地從遠處飛來，我再次望了尼瑪，他瞇著眼向天空看去，然後回頭對我點點頭，我興奮得跳起來，心想：「終於可以下山了！」

直升機轟隆隆地降落，在市集四周揚起好大的沙塵。

等到它確定降落，第一時間就是要把馱袋丟上去，人也要趕快爬上去，因為一切都要計算重量，如果超重就上不去了！駕駛把我安排坐在他身旁，後頭坐了三位印度人。

等到用眼睛餘光確認馱袋、行李都上機，我人也確實坐在直升機裡面時，緊繃的心突然像迸開的彈簧即刻放鬆，頭感到有些暈。

突然，

站在機外的尼瑪喊了：「陸！！！」

我望向他，看見他用手機對我拍了照，然後揮手。

「喔?!要跟尼瑪告別了！」

我似乎還沒想到告別這件事，突然鼻頭一酸，然後對著直升機外大喊：「尼瑪！謝謝！謝謝你！再見、再見！」

直升機再次揚起的轟隆聲，淹沒了告別。

尼瑪黝黑的臉隨著直升機從雲霧中攀升消逝在眼前，告別喜馬拉雅連綿不絕的山群，我，急切地想要回家，

但同時，卻在離開前就已經開始思念這個地方。

無法下山，就在盧卡拉市集、街道、咖啡館逛逛窩著。

2 1
3
4

1-2 無法下山，就在盧卡拉市集、街道、咖啡館逛逛窩著，右圖是我與尼瑪爸爸，左圖是咖啡館老闆娘、尼瑪、與明瑪。

3 過去兩天濃霧密布的盧卡拉機場，完全看不到跑道盡頭的前方視野。

4 尼瑪大喊了一聲：「陸！」。

後記

從喜馬拉雅的山上、到山下加德滿都，這顆心擰著——這是一段歷程，而非旅程。

先用數字記下吧。

1. 整整二十三天，沒有洗頭洗澡。
2. 本次參賽選手共四位台灣籍，兩位來自台灣，兩位旅居海外，二男二女全數完賽，三位全馬，一位半馬（冠軍）。
3. 個人成績：女子總排名二十三名，外籍女子選手排名第十一名，外籍選手亞洲女子名次第一。
4. 本次賽事死亡人數：官方一人。
5. 開賽前，由基地營被主辦單位強迫退賽的約十七人。
6. 主動棄賽人數：未知。

回家後，有段時間想安靜，關於這段歷程一開始我不知道如何寫，要寫什麼？直覺就是完成一件對自己的挑戰，然後我很努力地去完成它。

為什麼要挑戰「聖母峰馬拉松」？

因為我相信平凡的腳步也可以完成偉大的旅程。

三年前開始跑步，當時跑步給我的感受是：「它幫助我面對自己最軟弱、與最堅強的生命特質。」

這次，跑步讓我的感受是：「人生有許多事就像這個水疱。」回家第三天脫襪子時發現腳底有水疱，因為襪子黏著皮，把外層的皮一起撕下來，而且大拇趾有一顆疱中疱。但從水疱的發生到結束，我完全沒知覺！

記得剛開始練跑時有水疱會痛得跑不下去，然後因為意志力你會與這個痛相處，選擇去麻痺知覺地繼續跑下去。但這次進化了，整個過程我完全沒發現水疱存在，是它不痛嗎？應該還是會吧！但也許是其他部位太痛，痛到我沒發現它的痛。甚至它什麼時候發生？我也不知道！然後裡面的皮也都長好了。所以人生有許多事就像水疱，並不是它不存在，也不是它不痛。但因為你成長到可以承受更多，相較而言，那個水疱已輕微小到完全不重要，甚至你感覺不到。

開始跑步時，我只想贏，認真地在乎速度。很大原因是想入選成為戈壁選手，另外那是「團體競賽」，我對團隊有責任。然而這次是「個人競賽」，一開始的出發點只想安全完賽回來，所以站在起跑線前並沒有太強的勝負心。尤其賽道練習到最後站在起跑線前，深刻感受以我的資歷、能力，在這座山可以跑、甚至完賽就是謝天謝地。我學習到如何跟自己的身體相處，跟環境相處，跟跑在前頭的人學習。

兩次穿越喜馬拉雅山，我受到尼瑪與這座山的照顧。尼瑪與雪巴族人，讓我看見與大自然和平共處的智慧與待人的真誠。面對生活環境險惡與資源缺乏，雪巴正逐漸遺失屬於自己古老美麗的文化，我深深感受雪巴對登山客與這座山的付出，應得到更多的尊重報酬。這座山讓我深刻瞭解「要對每個人保持善意和尊重，無論你是否能理解他們。」不管是在山上或回到山下，我相信善意與尊重的必要性。

最後，是愛的力量；最強大的勇敢，是愛。

當高山症發作後再度回到基地營那天，我腦中出現了一句話：「萬物皆有裂痕，那是光透進來的地方。」因為我覺得自己的肺、鼻腔，整個身體是破碎的，甚至有一段時間我的人生是破碎的，但正因為這些破碎裂痕，我感受到最真實的愛，那是唯一可以讓我支撐下去的力量。

在此特別感謝尼瑪、雪霸與其家人：

Nigma Nuru Sherpa 尼瑪

Futi Lhamu Sherpa 芙蒂

Ang Tendi Sherpa 安泰迪

Dayangee 黛陽清

Phurba Sherpa 雪霸／蘇芬（台灣人）

Mingma Nuru Sherpa 明瑪

Pemba Nuru Sherpa 翩巴

Dawa Gelzen Sherpa 達哇

Dawa Lhamu Sherpa 達朗姆

Mr. Dawa Sona Sherpa 達哇蘇納

Ms. Lakpa Doma Sherpa 拉帕多瑪

照片由右至左：尼瑪、芙蒂、雪霸、明瑪、翩巴、達哇、達朗姆。
這次行程也要特別感謝雪霸在台灣的坐鎮指揮，他非常關心我整趟行程及突發狀況安排。

感謝以下親友在聖母峰馬拉松、本書創作與此段歷程對我提供的協助鼓勵：蔡素月、李合偉、林秀璟、林琦烈、莊培園、蔡鳳儀、黃振嘉、謝依蒸、台灣雪巴文化協會、劉政、Sarah breece、Rob Scoggins、戴昌盛、劉范焜、沈慧萍、張祖蕙、王園甯、何宏新、黃立中、葉為愷、房元凱、江渝、駱黃小紗、張哲斌、林銘華、李安峰、Anuj Adhikary、高國峰、馬規倫、劉淑慧、林志達、倪志珍、張津琪、李金揚、汪中安、曹文琴、陳大黑、政大戈十團隊、曹克銘、簡月秀、黃美惠、郭順良。

最重要的是媽媽、小偉與家人滿滿的愛。我都帶在心上了！

過程中，雖然是一個人在跑，但其實也不是一個人在跑。

接下來要做什麼？我會持續完成另一件「對自己有挑戰的事」！

呼吸著，不代表活著。

最後謹以此書紀念
我摯愛的友人 阿達Ada（謝文達）
一九七三至一九九八

【附錄】

•雪霸與蘇芬的Sherpa Kitchen夏爾帕尼義式廚房

100台北市中正區臨沂街45巷21-4號

Tel: 02 3393 1655

•芙蒂家民宿

Hilltop view Lodge & Restaurant：Solukhubu Chheplung-3

Tel: +977-9849508991

•明瑪家民宿

Sherpa's View Point Lodge & Restaurant：Thadakoshi-6, Solukhumbu

Tel: +977-9842868777

•翩巴家民宿

Potala Guest House：Lukla,Khumbu Pasang Lhamu

Rural Municipality,Nepal

Tel: +977-9842868763

•找尼瑪做嚮導

www.nepalaltitude.com

email: nima8848@yahoo.com

Tel: +977-9841232695

•台灣雪巴文化協會：

https://www.facebook.com/taiwansherpaculture/

•高山攝影師 Tony 李安峰

https://www.facebook.com/hoyshersherpa/

•雪巴攝影師Anuj Adhikary

http://anujadhikary.com/

•喜馬拉雅雪巴咖啡

Himalayan Sherpa Coffee

https://www.facebook.com/himalayansherpacoffee/

影像

本書使用ZenFone雙鏡頭記錄2017年聖母峰馬拉松賽道以及喜馬拉雅山的壯闊美景。

防護

面對極地氣候海拔上升三百公尺，紫外線強度平均增加百分之四，尤其紫外線在雪地的反光對肌膚傷害更大，這次全程使用The Body Shop「全效防禦輕透隔離霜」保護肌膚。

保護

我穿的雨衣、雨褲是Morr 3 Layers「流線剪裁機能外套」和「高動能防水雨褲」，它們陪我經歷二十二天的跋山涉水，日夜三、四十度的溫差，完成在最靠近地表天空的一場馬拉松！

Dream on 015

越跑越勇敢：聖母峰馬拉松全紀錄

作　　者｜陸承蔚

出 版 者｜大田出版有限公司
台北市 10445 中山北路二段 26 巷 2 號 2 樓
E-mail｜titan3@ms22.hinet.net　http：//www.titan3.com.tw
編輯部專線｜（02）2562-1383 傳真：（02）2581-8761
【如果您對本書或本出版公司有任何意見，歡迎來電】

總 編 輯｜莊培園
副總編輯｜蔡鳳儀
行銷編輯｜陳映璇
美術編輯｜王志峯
校　　對｜金文蕙 / 黃薇霓

初　　版｜2019 年 04 月 12 日 定價：399 元
總 經 銷｜知己圖書股份有限公司
台　　北｜106 台北市大安區辛亥路一段 30 號 9 樓
TEL：02-23672044 ／ 23672047 FAX：02-23635741
台　　中｜407 台中市西屯區工業 30 路 1 號 1 樓
TEL：04-23595819 FAX：04-23595493
E-mail｜service@morningstar.com.tw
網路書店｜http://www.morningstar.com.tw
讀者專線｜04-23595819 # 230
郵政劃撥｜15060393（知己圖書股份有限公司）
印　　刷｜上好印刷股份有限公司
國際書碼｜978-986-179-555-3　CIP：855/107023055

本書攝影提供：陸承蔚／沈慧萍／尼瑪

填寫線上回函♥
送小禮物